La Double Inconstance

Marivaux

La Double Inconstance

suivi de

Arlequin poli par l'amour

Comédies

Préface de Jean-Pierre Miquel

Commentaires et notes
de Jacques Morel

Le Livre de Poche

Jacques Morel, né en 1926, est professeur à l'université de la Sorbonne Nouvelle. Il a publié plusieurs études sur le théâtre français, notamment *La Tragédie* (A. Colin, 1964) et *Jean Rotrou dramaturge de l'ambiguïté* (A. Colin, 1968). Il est également l'auteur, en collaboration avec Alain Viala, d'une édition du *Théâtre* de Racine (Garnier, 1980). Il est président de la Société des amis de Tristan L'Hermite.

© Librairie Générale Française
pour la Préface, les Commentaires et les Notes, 1987.

Préface

Marivaux, depuis quelques années, est l'auteur « classique » le plus joué. On a redécouvert son œuvre au-delà des pièces les plus connues, avec un enthousiasme et une diversité de présentation tout à fait exceptionnels.

Je vois à ce mouvement plusieurs raisons. Certaines tiennent à la qualité de l'écriture dont l'exactitude et la précision sont considérées comme un « sommet » de la langue française. Certaines tiennent à la diversité des propos et des thèmes traités par Marivaux, qui va de l'étude psychologique des caractères et des comportements, aux utopies politiques les plus avancées, en passant par la morale et la philosophie les plus éclairées, ou par l'étude des classes sociales dans leurs rapports de force et de collaboration. D'autres raisons tiennent à l'extraordinaire « théâtralité » de ses ouvrages, qui peut simplifier à l'extrême la fable, tout en imprimant un mouvement vif et puissant aux situations.

Ainsi Marivaux semble aujourd'hui autant et peut-être plus éternel que Molière. Son actualité reste intacte, alors que sa pensée et sa manière sont profondément ancrées dans le XVIIIe siècle qui prépare la Révolution.

Pour un homme de théâtre, travailler sur Marivaux est un plaisir fort et subtil. Maîtriser son texte est, pour un acteur, un exercice périlleux et gratifiant. Les rôles sont superbes et variés. Comme toutes les grandes œuvres, celles-ci souffrent très facilement des approches et des traitements divers, voire contradictoires, sur le plan esthétique.

J'ai très souvent fait travailler mes élèves du Conser-

Préface

vatoire sur Marivaux, avant de mettre en scène *La Seconde Surprise de l'amour* et *La Colonie*, à la Comédie-Française en 1983. Et quand on a commencé à goûter de cette œuvre, on a envie d'y revenir régulièrement, pour se replonger dans l'intelligence, l'humour, la sensibilité, l'ironie, la cruauté et la verdeur d'un de nos humanistes les plus brillants et perspicaces, d'un de nos dramaturges les plus fins et inventifs.

Parmi les trente-six pièces de Marivaux, *La Double Inconstance* jouit d'un statut particulier. En effet, cette pièce a été très souvent mise en scène ces dernières années. J'ai personnellement le souvenir d'y avoir vu les débuts de Robert Hirsch (dans le rôle d'Arlequin) à la Comédie-Française, la mise en scène de Marcel Bluwal à la télévision, celle de Jacques Rosner aux Bouffes-du-Nord, celle de Jean-Luc Boutté en Avignon, celle de Michel Dubois au T.E.P., avant d'y exercer moi-même une équipe d'élèves du Conservatoire pour une tournée aux États-Unis, en 1984.

*
**

Il me semble que la principale solution à trouver, pour une mise en scène de *La Double Inconstance*, est celle de l'âge des comédiens principaux. Au moment où le cinéma et la télévision ont habitué le spectateur à une coïncidence d'âge exacte entre l'acteur et le personnage, on ne peut plus comme autrefois faire jouer les rôles par des comédiens qui sont d'abord « dans leur emploi » même s'ils sont plus âgés que les personnages. Or, pour jouer convenablement ces rôles difficiles, il faut une expérience et une technique très solides, en plus de l'humeur juste. Cette expérience et cette technique ne peuvent normalement s'acquérir qu'avec l'âge. A moins que l'on dispose de comédiens surdoués et très entraînés.

Chez Molière, les « jeunes premiers » ont en général des rôles courts (à part Don Juan qui pose exactement ce même problème). Mais chez Marivaux, très souvent ce sont de jeunes personnages qui « tirent » la pièce.

Mise en scène de J. Rosner.

Donc, le metteur en scène de *La Double Inconstance* doit d'abord résoudre cette question. Ce qui n'est pas facile. Heureusement, les grandes écoles de théâtre sont là aujourd'hui pour fournir les jeunes acteurs capables, malgré leur jeunesse, de « tenir » le personnage.

Ce fut le cas pour Richard Fontana, encore élève au Conservatoire, qui en fit la brillante démonstration en Arlequin, dans la mise en scène de Rosner aux Bouffes-du-Nord. Il faut bien admettre et comprendre que le théâtre étant d'abord une « illusion », on ne peut négliger l'apparence plausible des personnages dans leur incarnation, qui, seule ou presque, rendra crédible la fable racontée par l'auteur.

La deuxième solution à trouver est, comme toujours pour les classiques, celle du costume. Étant donné que la pièce ne fait pas référence à une cour précise, historiquement située, il semble que de nombreuses solutions soient possibles sur ce plan, y compris des solutions du domaine du « merveilleux », c'est-à-dire sans réalisme véritable. Par exemple, dans notre version du Conservatoire, les hommes de la cour avaient des chemises et des vestes XVIIIe siècle sur des pantalons de smoking et des vernis d'aujourd'hui. Cela fonctionnait esthétiquement très bien et imposait une « étrangeté » satisfaisante.

La troisième direction est celle du *choix* de la « lecture » de la pièce. Sans rien évacuer de ce qui est contenu explicitement dans le texte (le conflit entre les paysans et les seigneurs, médiatisé par des courtisans de tout poil ; les comportements « sociaux » se mêlant aux comportements sentimentaux, etc.), il faut déterminer un *axe* qui permettra aux acteurs de développer leur travail pour faire passer l'itinéraire, le mouvement, la dynamique des personnages, la tension des situations.

Dans notre version, nous avions choisi de mettre l'accent, au-delà des mots, sur le *parcours initiatique* que représente l'itinéraire de chacun : parcours de découverte de soi et du monde, au moins pour le couple Silvia-Arlequin ; découverte de soi *dans* le monde, découverte des réalités de la vie d'adulte et de ses accommodements nécessaires... Cela donne une trace à creuser pour la conduite des acteurs, un objectif à atteindre, et donc les moyens d'une construction progressive du personnage. Prise comme une véritable initiation — et non pas comme une anecdote habile —, la pièce rejoint alors la grande tradition théâtrale de l'Occident, une dimension culturelle qui lui assure une pérennité remarquable.

Le public n'imagine pas l'extraordinaire travail que nécessitent la direction des acteurs, l'exploitation d'un climat particulièrement sensuel qui doit napper l'ensemble de la représentation, l'invention d'un décor et d'un espace scénique permettant un approfondissement de tout cela par l'image, et toutes les options à prendre pour la réalisation d'un spectacle qui doit se hisser au niveau de l'œuvre.

Enfin, un dernier problème de taille se pose au metteur en scène de *La Double Inconstance* comme de beaucoup d'autres œuvres de ce calibre chez Marivaux : la question du *troisième acte*. J'ai ressenti la même difficulté dans *La Seconde Surprise*, par exemple. Les jeux sont faits, en général, à la fin du deuxième acte ; et le troisième est souvent un développement de la fin du deuxième, où l'auteur invente des complications pour tirer jusqu'à l'extrême limite du possible une situation qui est quasiment déjà réglée. D'où un certain ralentissement du rythme, et une perte d'attention possible pour le spectateur. Il faut beaucoup de présence, de ressources aux acteurs, et d'invention au metteur en scène, pour dépasser cette difficulté dramaturgique. A la limite, il ne faut pas hésiter à pratiquer des coupures pour alléger et rendre plus accessible un dénouement qui ne fait plus de doute.

***

La faveur particulière dont jouit *La Double Inconstance* auprès des gens de théâtre est en partie due à la « beauté des rôles », comme on dit. Arlequin, Silvia,

Flaminia, le Prince, Trivelin, Lisette et le Seigneur offrent des scènes remarquables qui — et c'est une preuve incontestable — sont très fréquemment travaillées dans les cours d'art dramatique. Les personnages sont variés, percutants, évolutifs. De quoi exciter une troupe d'acteurs. Les rôles sont tous importants même s'ils n'ont que deux ou trois scènes (Lisette, le Seigneur) et permettent aux comédiens de jolies performances, en donnant la possibilité d'affirmer une personnalité et une vision particulière.

Enfin la pièce présente un ton, un style, où l'allégresse l'emporte, par-delà les tristesses et morosités passagères. Il y a du bonheur, de la joie de vivre au bout du compte, sous la cruauté, mais sans la moindre niaiserie ou complaisance facile. Cela se communique aux acteurs qui travaillent ce texte, dont la diversité de langage pose de délicats problèmes d'intelligence, à tous les sens du terme, à résoudre avec fraîcheur et spontanéité ; cela est-il compatible ? Oui, bien sûr, si le talent est là... Et la perception de la modernité de l'œuvre en dépend.

Chaque mise en scène offre une « lecture » dramaturgique et des choix esthétiques très différents. Or, quel que soit le traitement, la pièce « passe » toujours admirablement bien, sans qu'on ait le sentiment qu'elle fut maltraitée. Elle reste forte, dure, efficace, brillante. On y adhère toujours. On rêve, on rit, on s'inquiète. C'est du vrai et grand théâtre. On ne se lassera jamais de lire, de monter, de jouer, de voir *La Double Inconstance*.

JEAN-PIERRE MIQUEL.

La Double
Inconstance

A MADAME LA MARQUISE DE PRIE[1]

MADAME,

On ne verra point ici ce tas d'éloges dont les épîtres dédicatoires sont ordinairement chargées ; à quoi servent-ils ? Le peu de cas que le public en fait devrait en corriger ceux qui les donnent, et en dégoûter ceux qui les reçoivent. Je serais pourtant tenté de vous louer d'une chose, Madame ; et c'est d'avoir véritablement craint que je ne vous louasse ; mais ce seul éloge que je vous donnerais, il est si distingué, qu'il aurait ici tout l'air d'un présent de flatteur, surtout s'adressant à une dame de votre âge, à qui la nature n'a rien épargné de tout ce qui peut inviter l'amour-propre à n'être point modeste. J'en reviens donc, Madame, au seul motif que j'ai eu en vous offrant ce petit ouvrage ; c'est de vous remercier du plaisir que vous y avez pris, ou plutôt de la vanité que vous m'avez donnée, quand vous m'avez dit qu'il vous avait plu. Vous dirai-je tout ? Je suis charmé d'apprendre à toutes les personnes de goût qu'il a votre suffrage ; en vous disant cela, je vous proteste que je n'ai nul dessein de louer votre esprit ; c'est seulement vous avouer que je pense aux intérêts du mien. Je suis avec un profond respect,

MADAME,
       votre très humble et très obéissant serviteur.

                                            D. M.

La Double Inconstance

Comédie. 1723

Acteurs[1]

LE PRINCE.
UN SEIGNEUR.
FLAMINIA.
LISETTE.
SILVIA.
ARLEQUIN.
TRIVELIN.
Des laquais.
Des filles de chambre.

La scène est dans le palais du Prince[2].

Acte I

Scène 1

SILVIA, TRIVELIN
et quelques femmes à la suite de SILVIA

Silvia paraît sortir comme fâchée.

TRIVELIN. Mais, Madame, écoutez-moi.

SILVIA. Vous m'ennuyez*.

TRIVELIN. Ne faut-il pas être raisonnable ?

SILVIA, *impatiente*. Non, il ne faut pas l'être, et je ne le serai point.

TRIVELIN. Cependant...

SILVIA, *avec colère*. Cependant, je ne veux point avoir de raison : et quand vous recommenceriez cinquante fois votre cependant, je n'en veux point avoir : que ferez-vous là[1] ?

TRIVELIN. Vous avez soupé* hier si légèrement, que vous serez malade, si vous ne prenez rien ce matin.

SILVIA. Et moi, je hais la santé, et je suis bien aise d'être malade ; ainsi, vous n'avez qu'à renvoyer tout ce qu'on m'apporte, car je ne veux aujourd'hui ni déjeuner*, ni dîner*, ni souper* ; demain la même chose. Je ne veux

---

* Les mots suivis d'un astérisque sont expliqués au « Lexique », p. 179.

ACTE I. *Scène 1*

qu'être fâchée, vous haïr tous tant que vous êtes, jusqu'à tant que j'aie vu Arlequin, dont on m'a séparée : voilà mes petites résolutions, et si vous voulez que je devienne folle, vous n'avez qu'à me prêcher d'être plus raisonnable, cela sera bientôt fait.

TRIVELIN. Ma foi, je ne m'y jouerai pas, je vois bien que vous me tiendriez parole ; si j'osais cependant...

SILVIA, *plus en colère*. Eh bien ! ne voilà-t-il pas encore un cependant ?

TRIVELIN. En vérité, je vous demande pardon, celui-là m'est échappé, mais je n'en dirai plus, je me corrigerai. Je vous prierai seulement de considérer...

SILVIA. Oh ! vous ne vous corrigez pas, voilà des considérations qui ne me conviennent point non plus.

TRIVELIN, *continuant*. ... que c'est votre souverain[1] qui vous aime.

SILVIA. Je ne l'empêche pas, il est le maître : mais faut-il que je l'aime, moi ? Non, et il ne faut pas, parce que je ne le puis pas ; cela va tout seul, un enfant le verrait, et vous ne le voyez pas.

TRIVELIN. Songez que c'est sur vous qu'il fait tomber le choix qu'il doit faire d'une épouse entre ses sujettes.

SILVIA. Qui est-ce qui lui a dit de me choisir ? M'a-t-il demandé mon avis ? S'il m'avait dit : Me voulez-vous, Silvia ? je lui aurais répondu : Non, seigneur, il faut qu'une honnête* femme aime son mari, et je ne pourrais pas vous aimer. Voilà la pure raison, cela ; mais point du tout, il m'aime, crac, il m'enlève, sans me demander si je le trouverai bon.

TRIVELIN. Il ne vous enlève que pour vous donner la main[2].

SILVIA. Eh ! que veut-il que je fasse de cette main, si je n'ai pas envie d'avancer la mienne pour la prendre ? Force-t-on les gens à recevoir des présents malgré eux ?

TRIVELIN. Voyez, depuis deux jours que vous êtes ici, comment il vous traite ; n'êtes-vous pas déjà servie comme si vous étiez sa femme ? Voyez les honneurs qu'il vous fait rendre, le nombre de femmes qui sont à votre suite, les amusements* qu'on tâche de vous procurer par ses ordres. Qu'est-ce qu'Arlequin au prix d'un prince plein d'égards, qui ne veut pas même se montrer qu'on ne vous ait disposée à le voir ? d'un prince jeune, aimable et rempli d'amour, car vous le trouverez tel. Eh ! Madame, ouvrez les yeux, voyez votre fortune*, et profitez de ces faveurs.

SILVIA. Dites-moi, vous et toutes celles qui me parlent, vous a-t-on mis avec moi, vous a-t-on payés pour m'impatienter, pour me tenir des discours qui n'ont pas le sens commun, qui me font pitié ?

TRIVELIN. Oh parbleu ! je n'en sais pas davantage, voilà tout l'esprit* que j'ai.

SILVIA. Sur ce pied-là*, vous seriez tout aussi avancé de n'en point avoir du tout.

TRIVELIN. Mais encore, daignez, s'il vous plaît, me dire en quoi je me trompe.

SILVIA, *en se tournant vivement de son côté*. Oui, je vais vous le dire, en quoi, oui...

TRIVELIN. Eh ! doucement, Madame, mon dessein n'est pas de vous fâcher.

SILVIA. Vous êtes donc bien maladroit.

TRIVELIN. Je suis votre serviteur.

SILVIA. Eh bien ! mon serviteur[1], qui me vantez tant les honneurs que j'ai ici, qu'ai-je affaire de ces quatre ou cinq fainéantes qui m'espionnent toujours ? On m'ôte mon amant, et on me rend des femmes à la place ; ne

ACTE I. *Scène 1*

voilà-t-il pas un beau dédommagement ? Et on veut que je sois heureuse avec cela ! Que m'importe toute cette musique, ces concerts et cette danse dont on croit me régaler ? Arlequin chantait mieux que tout cela, et j'aime mieux danser moi-même que de voir danser les autres, entendez-vous ? Une bourgeoise* contente dans un petit village vaut mieux qu'une princesse qui pleure dans un bel appartement. Si le prince est si tendre, ce n'est pas
90 ma faute, je n'ai pas été le chercher ; pourquoi m'a-t-il vue ? S'il est jeune et aimable, tant mieux pour lui, j'en suis bien aise : qu'il garde tout cela pour ses pareils, et qu'il me laisse mon pauvre Arlequin, qui n'est pas plus gros monsieur que je suis grosse dame, pas plus riche que moi, pas plus glorieux que moi, pas mieux logé, qui m'aime sans façon, que j'aime de même, et que je mourrai de chagrin de ne pas voir. Hélas, le pauvre enfant ! qu'en aura-t-on fait ? qu'est-il devenu ? Il se désespère quelque part, j'en suis sûre, car il a le cœur si bon !
100 Peut-être aussi qu'on le maltraite... *(Elle se dérange de sa place.)* Je suis outrée. Tenez, voulez-vous me faire un plaisir ? Ôtez-vous de là, je ne puis vous souffrir, laissez-moi m'affliger en repos.

TRIVELIN. Le compliment est court, mais il est net. Tranquillisez-vous pourtant, Madame.

SILVIA. Sortez sans me répondre, cela vaudra mieux.

TRIVELIN. Encore une fois, calmez-vous, vous voulez Arlequin, il viendra incessamment, on est allé le chercher.

SILVIA, *avec un soupir*. Je le verrai donc ?

TRIVELIN. Et vous lui parlerez aussi.

SILVIA, *s'en allant*. Je vais l'attendre : mais si vous me
112 trompez, je ne veux plus ni voir ni entendre personne.

Pendant qu'elle sort, le Prince et Flaminia entrent d'un autre côté et la regardent sortir.

Scène 2
LE PRINCE, FLAMINIA, TRIVELIN

LE PRINCE, *à Trivelin.* Eh bien, as-tu quelque espérance à me donner ? Que dit-elle ?

TRIVELIN. Ce qu'elle dit, seigneur, ma foi, ce n'est pas la peine de le répéter, il n'y a rien encore qui mérite votre curiosité.

LE PRINCE. N'importe, dis toujours.

TRIVELIN. Eh non, seigneur, ce sont de petites bagatelles* dont le récit vous ennuierait, tendresse pour Arlequin, impatience de le rejoindre, nulle envie de vous connaître, désir violent de ne vous point voir, et force haine pour nous ; voilà l'abrégé de ses dispositions, vous voyez bien que cela n'est point réjouissant ; et franchement, si j'osais dire ma pensée, le meilleur serait de la remettre où on l'a prise.

Le Prince rêve tristement.

FLAMINIA. J'ai déjà dit la même chose au Prince, mais cela est inutile. Ainsi continuons, et ne songeons qu'à détruire l'amour de Silvia pour Arlequin.

TRIVELIN. Mon sentiment à moi est qu'il y a quelque chose d'extraordinaire dans cette fille-là ; refuser ce qu'elle refuse, cela n'est point naturel, ce n'est point là une femme, voyez-vous, c'est quelque créature d'une espèce à nous inconnue. Avec une femme, nous irions notre train ; celle-ci nous arrête, cela nous avertit d'un prodige, n'allons pas plus loin.

LE PRINCE. Et c'est ce prodige qui augmente encore l'amour que j'ai conçu pour elle.

FLAMINIA, *en riant.* Eh, seigneur, ne l'écoutez pas avec son prodige, cela est bon dans un conte de fée. Je connais mon sexe, il n'a rien de prodigieux que sa coquetterie. Du côté de l'ambition, Silvia n'est point en prise[1], mais elle a un cœur, et par conséquent de la vanité ; avec cela, je saurai bien la ranger à son devoir de femme. Est-on allé chercher Arlequin ?

TRIVELIN. Oui ; je l'attends.

LE PRINCE, *d'un air inquiet.* Je vous avoue, Flaminia, que nous risquons beaucoup à lui montrer son amant*, sa tendresse pour lui n'en deviendra que plus forte.

TRIVELIN. Oui ; mais si elle ne le voit, l'esprit lui tournera, j'en ai sa parole.

FLAMINIA. Seigneur, je vous ai déjà dit qu'Arlequin nous était nécessaire.

LE PRINCE. Oui, qu'on l'arrête autant qu'on pourra ; vous pouvez lui promettre que je le comblerai de biens et de faveurs, s'il veut en épouser une autre que sa maîtresse*.

TRIVELIN. Il n'y a qu'à réduire ce drôle-là, s'il ne veut pas.

LE PRINCE. Non, la loi qui veut que j'épouse une de mes sujettes me défend d'user de violence contre qui que ce soit.

FLAMINIA. Vous avez raison ; soyez tranquille, j'espère que tout se fera à l'amiable. Silvia vous connaît déjà sans savoir que vous êtes le Prince, n'est-il pas vrai ?

LE PRINCE. Je vous ai dit qu'un jour à la chasse, écarté de ma troupe, je la rencontrai près de sa maison ; j'avais soif, elle alla me chercher à boire : je fus enchanté de sa beauté et de sa simplicité, et je lui en fis l'aveu. Je l'ai vue cinq ou six fois de la même manière, comme simple officier du palais[2] : mais quoiqu'elle m'ait traité avec beaucoup de douceur, je n'ai pu la faire renoncer à Arlequin, qui m'a surpris deux fois avec elle.

FLAMINIA. Il faudra mettre à profit l'ignorance où elle est de votre rang ; on l'a déjà prévenue que vous ne la verriez pas sitôt ; je me charge du reste, pourvu que vous vouliez bien agir comme je voudrai.

LE PRINCE, *en s'en allant.* J'y consens. Si vous m'acquérez le cœur de Silvia, il n'est rien que vous ne deviez attendre de ma reconnaissance.

FLAMINIA. Toi, Trivelin, va-t'en dire à ma sœur qu'elle tarde trop à venir.

TRIVELIN. Il n'est pas besoin, la voilà qui entre ; adieu, je vais au-devant d'Arlequin.

Scène 3
LISETTE, FLAMINIA

LISETTE. Je viens recevoir tes ordres, que me veux-tu ?

FLAMINIA. Approche un peu que je te regarde.

LISETTE. Tiens, vois à ton aise.

FLAMINIA, *après l'avoir regardée.* Oui-da, tu es jolie aujourd'hui.

LISETTE, *en riant.* Je le sais bien ; mais qu'est-ce que cela fait ?

FLAMINIA. Ôte cette mouche galante[1] que tu as là.

LISETTE, *refusant.* Je ne saurais, mon miroir me l'a recommandée.

FLAMINIA. Il le faut, te dis-je.

LISETTE, *en tirant sa boîte à miroir, et ôtant la mouche.* Quel meurtre ! Pourquoi persécutes-tu ma mouche ?

FLAMINIA. J'ai mes raisons pour cela. Or çà, Lisette, tu es grande et bien faite.

LISETTE. C'est le sentiment de bien des gens.

FLAMINIA. Tu aimes à plaire ?

LISETTE. C'est mon faible.

FLAMINIA. Saurais-tu avec une adresse naïve* et modeste* inspirer un tendre penchant à quelqu'un, en lui témoignant d'en avoir pour lui, et le tout pour une bonne fin ?

LISETTE. Mais j'en reviens à ma mouche, elle me paraît nécessaire à l'expédition que tu me proposes.

FLAMINIA. N'oublieras-tu jamais ta mouche ? non, elle n'est pas nécessaire : il s'agit ici d'un homme simple, d'un villageois sans expérience, qui s'imagine que nous autres femmes d'ici sommes obligées d'être aussi modestes* que les femmes de son village ; oh ! la modestie* de ces femmes-là n'est pas faite comme la nôtre ; nous avons des dispenses qui les scandaliseraient ; ainsi ne regrette plus tes mouches, et mets-en la valeur dans tes manières ; c'est de ces manières dont je te parle ; je te demande si tu sauras les avoir comme il faut ? Voyons, que lui diras-tu ?

LISETTE. Mais, je lui dirai... Que lui dirais-tu, toi ?

FLAMINIA. Écoute-moi, point d'air coquet d'abord. Par exemple, on voit dans ta petite contenance un dessein de plaire, oh ! il faut en effacer cela ; tu mets je ne sais quoi d'étourdi et de vif dans ton geste, quelquefois c'est du nonchalant, du tendre, du mignard ; tes yeux veulent être fripons, veulent attendrir, veulent frapper, font mille singeries ; ta tête est légère ; ton menton porte au vent ; tu cours après un air jeune, galant et dissipé ; parles-tu aux gens, leur réponds-tu ? tu prends de certains tons, tu te sers d'un certain langage, et le tout finement relevé de saillies folles ; oh ! toutes ces petites impertinences-là sont très jolies dans une fille du monde, il est décidé que ce sont des grâces, le cœur des hommes s'est tourné comme cela, voilà qui est fini : mais ici il faut, s'il te plaît, faire main basse¹ sur tous ces agréments-là ; le petit homme* en question ne les approuverait point, il n'a pas le goût si fort, lui. Tiens, c'est tout comme un homme qui n'aurait jamais bu que de belle eau bien claire, le vin ou l'eau-de-vie ne lui plairaient pas.

LISETTE, *étonnée.* Mais de la façon dont tu arranges mes agréments, je ne les trouve pas si jolis que tu dis.

FLAMINIA, *d'un air naïf.* Bon ! c'est que je les examine, moi, voilà pourquoi ils deviennent ridicules : mais tu es en sûreté de la part des hommes.

LISETTE. Que mettrai-je donc à la place de ces impertinences que j'ai ?

FLAMINIA. Rien : tu laisseras aller tes regards comme ils iraient si ta coquetterie les laissait en repos ; ta tête comme elle se tiendrait, si tu ne songeais pas à lui donner des airs évaporés* ; et ta contenance tout comme elle est quand personne ne te regarde. Pour essayer, donne-moi quelque échantillon de ton savoir-faire ; regarde-moi d'un air ingénu*.

LISETTE, *se tournant.* Tiens, ce regard-là est-il bon ?

FLAMINIA. Hum ! il a encore besoin de quelque correction.

LISETTE. Ô dame, veux-tu que je te dise ? Tu n'es qu'une femme, est-ce que cela anime² ? Laissons cela, car tu m'emporterais la fleur de mon rôle. C'est pour Arlequin, n'est-ce pas ?

FLAMINIA. Pour lui-même.

LISETTE. Mais le pauvre garçon, si je ne l'aime pas, je le tromperai ; je suis fille d'honneur, et je m'en fais un scrupule.

FLAMINIA. S'il vient à t'aimer, tu l'épouseras, et cela te fera ta fortune ; as-tu encore des scrupules ? Tu n'es, non plus que moi, que la fille d'un domestique* du Prince, et tu deviendras grande dame.

LISETTE. Oh ! voilà ma conscience en repos, et en ce cas-là, si je l'épouse, il n'est pas nécessaire que je l'aime. Adieu, tu n'as qu'à m'avertir quand il sera temps de commencer.

FLAMINIA. Je me retire aussi ; car voilà Arlequin qu'on amène.

Scène 4

ARLEQUIN, TRIVELIN

Arlequin regarde Trivelin et tout l'appartement[1] avec étonnement.

TRIVELIN. Eh bien, seigneur Arlequin, comment vous trouvez-vous ici ? *(Arlequin ne dit mot.)* N'est-il pas vrai que voilà une belle maison ?

ARLEQUIN. Que diantre, qu'est-ce que cette maison-là et moi avons affaire ensemble ? qu'est-ce que c'est que vous ? que me voulez-vous ? où allons-nous ?

TRIVELIN. Je suis un honnête* homme, à présent votre domestique* : je ne veux que vous servir, et nous n'allons pas plus loin.

ARLEQUIN. Honnête homme ou fripon, je n'ai que faire de vous, je vous donne votre congé, et je m'en retourne.

TRIVELIN, *l'arrêtant*. Doucement.

ARLEQUIN. Parlez donc[2], eh ! vous êtes bien impertinent d'arrêter votre maître !

TRIVELIN. C'est un plus grand maître que vous qui vous a fait le mien.

ARLEQUIN. Qui est donc cet original-là, qui me donne des valets malgré moi ?

TRIVELIN. Quand vous le connaîtrez, vous parlerez autrement. Expliquons-nous à présent.

ARLEQUIN. Est-ce que nous avons quelque chose à nous dire ?

TRIVELIN. Oui, sur Silvia.

ARLEQUIN, *charmé, et vivement*. Ah ! Silvia ! hélas, je vous demande pardon, voyez ce que c'est, je ne savais pas que j'avais à vous parler.

TRIVELIN. Vous l'avez perdue depuis deux jours ?

ARLEQUIN. Oui, des voleurs me l'ont dérobée.

TRIVELIN. Ce ne sont pas des voleurs.

ARLEQUIN. Enfin, si ce ne sont pas des voleurs, ce sont toujours des fripons.

TRIVELIN. Je sais où elle est.

ARLEQUIN, *charmé et le caressant**. Vous savez où elle est, mon ami, mon valet, mon maître, mon tout ce qu'il vous plaira ? Que je suis fâché de n'être pas riche, je vous donnerais tous mes revenus pour gages. Dites, l'honnête homme, de quel côté faut-il tourner ? Est-ce à droite, à gauche, ou tout devant moi ?

TRIVELIN. Vous la verrez ici.

ARLEQUIN, *charmé et d'un air doux*. Mais quand j'y songe, il faut que vous soyez bien bon, bien obligeant pour m'amener ici comme vous faites ? Ô Silvia ! chère enfant de mon âme, ma mie, je pleure de joie.

TRIVELIN, *à part les premiers mots*. De la façon dont ce drôle-là prélude, il ne nous promet rien de bon. Écoutez, j'ai bien autre chose à vous dire.

ARLEQUIN, *le pressant*. Allons d'abord voir Silvia, prenez pitié de mon impatience.

TRIVELIN. Je vous dis que vous la verrez : mais il faut que je vous entretienne auparavant. Vous souvenez-vous d'un certain cavalier*, qui a rendu cinq ou six visites à Silvia, et que vous avez vu avec elle ?

ARLEQUIN, *triste*. Oui : il avait la mine d'un hypocrite.

TRIVELIN. Cet homme-là a trouvé votre maîtresse* fort aimable.

ARLEQUIN. Pardi, il n'a rien trouvé de nouveau.

TRIVELIN. Et il en a fait au Prince un récit qui l'a enchanté.

ARLEQUIN. Le babillard !

TRIVELIN. Le Prince a voulu la voir, et a donné l'ordre qu'on l'amenât ici.

ARLEQUIN. Mais il me la rendra, comme cela est juste ?

TRIVELIN. Hum ! il y a une petite difficulté : il en est devenu amoureux, et souhaiterait d'en être aimé à son tour.

ARLEQUIN. Son tour ne peut pas venir, c'est moi qu'elle aime.

TRIVELIN. Vous n'allez point au fait, écoutez jusqu'au bout.

ARLEQUIN, *haussant le ton*. Mais le voilà, le bout. Est-ce qu'on veut me chicaner mon bon droit ?

TRIVELIN. Vous savez que le Prince doit se choisir une femme dans ses États ?

ARLEQUIN, *brusquement*. Je ne sais point cela : cela m'est inutile.

TRIVELIN. Je vous l'apprends.

ARLEQUIN, *brusquement*. Je ne me soucie pas de nouvelles.

TRIVELIN. Silvia plaît donc au Prince, et il voudrait lui plaire avant que de l'épouser. L'amour qu'elle a pour vous fait obstacle à celui qu'il tâche de lui donner pour lui.

ARLEQUIN. Qu'il fasse donc l'amour* ailleurs ; car il n'aurait que la femme, moi, j'aurais le cœur, il nous manquerait quelque chose à l'un et à l'autre, et nous serions tous trois mal à notre aise.

TRIVELIN. Vous avez raison : mais ne voyez-vous pas que si vous épousez Silvia, le Prince resterait malheureux ?

ARLEQUIN, *après avoir rêvé**. A la vérité il sera d'abord un peu triste, mais il aura fait le devoir d'un brave homme, et cela console ; au lieu que s'il l'épouse, il fera pleurer ce pauvre enfant[1], je pleurerai aussi, moi, il n'y aura que lui qui rira, et il n'y a pas de plaisir à rire tout seul.

TRIVELIN. Seigneur Arlequin, croyez-moi, faites quelque chose pour votre maître. Il ne peut se résoudre à quitter Silvia, je vous dirai même qu'on lui a prédit l'aventure qui la lui a fait connaître, et qu'elle doit être sa femme ; il faut que cela arrive, cela est écrit là-haut.

ARLEQUIN. Là-haut on n'écrit pas de telles impertinences : pour marque de cela, si on avait prédit que je dois vous assommer, vous tuer par-derrière, trouveriez-vous bon que j'accomplisse la prédiction ?

TRIVELIN. Non vraiment, il ne faut jamais faire de mal à personne.

ARLEQUIN. Eh bien, c'est ma mort qu'on a prédite ; ainsi c'est prédire rien qui vaille, et dans tout cela il n'y a que l'astrologue à pendre.

TRIVELIN. Eh morbleu, on ne prétend pas vous faire du

ACTE I. *Scène 4*

mal ; nous avons ici d'aimables filles, épousez-en une, vous y trouverez votre avantage.

ARLEQUIN. Oui-da, que je me marie à une autre, afin de mettre Silvia en colère et qu'elle porte son amitié ailleurs ! Oh, oh, mon mignon, combien vous a-t-on donné pour m'attraper ? Allez, mon fils*, vous n'êtes qu'un butor, gardez vos filles, nous ne nous accommoderons pas, vous êtes trop cher.

TRIVELIN. Savez-vous bien que le mariage que je vous propose vous acquerra l'amitié du Prince ?

ARLEQUIN. Bon ! mon ami ne serait pas seulement mon camarade.

TRIVELIN. Mais les richesses que vous promet cette amitié...

ARLEQUIN. On n'a que faire de toutes ces babioles-là, quand on se porte bien, qu'on a bon appétit et de quoi vivre.

TRIVELIN. Vous ignorez le prix de ce que vous refusez.

ARLEQUIN, *d'un air négligent.* C'est à cause de cela que je n'y perds rien.

TRIVELIN. Maison à la ville, maison à la campagne.

ARLEQUIN. Ah, que cela est beau ! il n'y a qu'une chose qui m'embarrasse ; qui est-ce qui habitera ma maison de ville, quand je serai à ma maison de campagne ?

TRIVELIN. Parbleu, vos valets !

ARLEQUIN. Mes valets ? Qu'ai-je besoin de faire fortune pour ces canailles-là ? Je ne pourrai donc pas les habiter toutes à la fois ?

TRIVELIN, *riant.* Non, que je pense ; vous ne serez pas en deux endroits en même temps.

ARLEQUIN. Eh bien, innocent que vous êtes, si je n'ai pas ce secret-là, il est inutile d'avoir deux maisons.

TRIVELIN. Quand il vous plaira, vous irez de l'une à l'autre.

ARLEQUIN. A ce compte, je donnerai donc ma maîtresse pour avoir le plaisir de déménager souvent ?

TRIVELIN. Mais rien ne vous touche, vous êtes bien étrange ! Cependant tout le monde est charmé d'avoir de grands appartements, nombre de domestiques...

ARLEQUIN. Il ne me faut qu'une chambre, je n'aime point à nourrir des fainéants, et je ne trouverai point de valet plus fidèle, plus affectionné à mon service que moi.

TRIVELIN. Je conviens que vous ne serez point en danger de mettre ce domestique-là dehors : mais ne seriez-vous pas sensible au plaisir d'avoir un bon équipage*, un bon carrosse, sans parler de l'agrément d'être meublé superbement ?

ARLEQUIN. Vous êtes un grand nigaud, mon ami, de faire entrer Silvia en comparaison avec des meubles, un carrosse et des chevaux qui le traînent ; dites-moi, fait-on autre chose dans sa maison que s'asseoir, prendre ses repas et se coucher ? Eh bien, avec un bon lit, une bonne table, une douzaine de chaises de paille, ne suis-je pas bien meublé ? N'ai-je pas toutes mes commodités ? Oh, mais je n'ai pas de carrosse ? Eh bien *(en montrant ses jambes)*, je ne verserai point. Ne voilà-t-il pas un équipage* que ma mère m'a donné ? N'est-ce pas de bonnes jambes ? Eh morbleu, il n'y a pas de raison à vous d'avoir une autre voiture que la mienne. Alerte, alerte, paresseux, laissez vos chevaux à tant d'honnêtes laboureurs qui n'en ont point, cela nous fera du pain ; vous marcherez, et vous n'aurez pas les gouttes[1].

TRIVELIN. Têtubleu* ! vous êtes vif : si l'on vous en croyait, on ne pourrait fournir les hommes de souliers.

ARLEQUIN, *brusquement*. Ils porteraient des sabots. Mais

ACTE I. *Scène 4*

451 je commence à m'ennuyer de tous vos contes : vous m'avez promis de me montrer Silvia, et un honnête* homme n'a que sa parole.

TRIVELIN. Un moment : vous ne vous souciez ni d'honneurs, ni de richesses, ni de belles maisons, ni de magnificence, ni de crédit*, ni d'équipages...

ARLEQUIN. Il n'y a pas là pour un sol de bonne marchandise.

TRIVELIN. La bonne chère vous tenterait-elle ? Une cave 460 remplie de vin exquis vous plairait-elle ? Seriez-vous bien aise d'avoir un cuisinier qui vous apprêtât délicatement à manger, et en abondance ? Imaginez-vous ce qu'il y a de meilleur, de plus friand en viande et en poisson : vous l'aurez, et pour toute votre vie. *(Arlequin est quelque temps à répondre.)* Vous ne répondez rien ?

ARLEQUIN. Ce que vous me dites là serait plus de mon goût que tout le reste ; car je suis gourmand, je l'avoue : mais j'ai encore plus d'amour que de gourmandise.

TRIVELIN. Allons, seigneur Arlequin, faites-vous un sort 471 heureux ; il ne s'agira seulement que de quitter une fille pour en prendre une autre.

ARLEQUIN. Non, non, je m'en tiens au bœuf, et au vin de mon cru[1].

TRIVELIN. Que vous auriez bu de bon vin ! Que vous auriez mangé de bons morceaux !

ARLEQUIN. J'en suis fâché, mais il n'y a rien à faire ; le cœur de Silvia est un morceau encore plus friand que tout cela : voulez-vous me la montrer, ou ne le voulez-480 vous pas ?

TRIVELIN. Vous l'entretiendrez, soyez-en sûr, mais il est encore un peu matin.

Scène 5
LISETTE, ARLEQUIN, TRIVELIN

LISETTE, *à Trivelin*. Je vous cherche partout, Monsieur Trivelin, le Prince vous demande.

TRIVELIN. Le Prince me demande, j'y cours : mais tenez donc compagnie au seigneur Arlequin pendant mon absence.

ARLEQUIN. Oh! ce n'est pas la peine ; quand je suis seul, moi, je me fais compagnie.

TRIVELIN. Non, non, vous pourriez vous ennuyer. Adieu, je vous rejoindrai bientôt.

Trivelin sort.

Scène 6
ARLEQUIN, LISETTE

ARLEQUIN, *se retirant au coin du théâtre*. Je gage que voilà une éveillée* qui vient pour m'affriander* d'elle. Néant.

LISETTE, *doucement*. C'est donc vous, Monsieur, qui êtes l'amant* de Mademoiselle Silvia ?

ARLEQUIN, *froidement*. Oui.

LISETTE. C'est une très jolie fille.

ARLEQUIN, *du même ton*. Oui.

LISETTE. Tout le monde l'aime.

ARLEQUIN, *brusquement*. Tout le monde a tort.

LISETTE. Pourquoi cela, puisqu'elle le mérite ?

ARLEQUIN, *brusquement*. C'est qu'elle n'aimera personne que moi.

LISETTE. Je n'en doute pas, et je lui pardonne son attachement pour vous.

ARLEQUIN. A quoi cela sert-il, ce pardon-là ?

LISETTE. Je veux dire que je ne suis plus si surprise que je l'étais de son obstination à vous aimer.

ARLEQUIN. Et en vertu de quoi étiez-vous surprise ?

LISETTE. C'est qu'elle refuse un prince aimable.

ARLEQUIN. Et quand il serait aimable, cela empêche-t-il que je ne le sois aussi, moi ?

LISETTE, *d'un air doux*. Non, mais enfin c'est un prince.

ARLEQUIN. Qu'importe ? en fait de fille, ce prince n'est pas plus avancé que moi.

LISETTE, *doucement*. A la bonne heure ; j'entends seulement qu'il a des sujets et des États, et que, tout aimable que vous êtes, vous n'en avez point.

ARLEQUIN. Vous me la baillez belle avec vos sujets et vos États ; si je n'ai pas de sujets, je n'ai charge de personne ; et si tout va bien, je m'en réjouis, si tout va mal, ce n'est pas ma faute. Pour des États, qu'on en ait ou qu'on n'en ait point, on n'en tient pas plus de place, et cela ne rend ni plus beau ni plus laid ; ainsi, de toute façon, vous étiez surprise à propos de rien.

LISETTE, *à part*. Voilà un vilain petit homme*, je lui fais des compliments, et il me querelle.

ARLEQUIN, *comme lui demandant ce qu'elle dit*. Hem ?

LISETTE. J'ai du malheur dans ce que je vous dis ; et j'avoue qu'à vous voir seulement, je me serais promis une conversation plus douce.

ARLEQUIN. Dame, Mademoiselle, il n'y a rien de si trompeur que la mine des gens.

LISETTE. Il est vrai que la vôtre m'a trompée, et voilà comme on a souvent tort de se prévenir en faveur de quelqu'un.

ARLEQUIN. Oh! très tort : mais que voulez-vous? je n'ai pas choisi ma physionomie.

LISETTE, *en le regardant comme étonnée*. Non, je n'en saurais revenir quand je vous regarde.

ARLEQUIN. Me voilà pourtant, et il n'y a point de remède, je serai toujours comme cela.

LISETTE, *d'un air un peu fâché*. Oh! j'en suis persuadée.

ARLEQUIN. Par bonheur vous ne vous en souciez guère?

LISETTE. Pourquoi me demandez-vous cela?

ARLEQUIN. Eh! pour le savoir.

LISETTE, *d'un air naturel*. Je serais bien sotte de vous dire la vérité là-dessus, et une fille doit se taire.

ARLEQUIN, *à part les premiers mots*. Comme elle y va! Tenez, dans le fond, c'est dommage que vous soyez une si grande coquette.

LISETTE. Moi!

ARLEQUIN. Vous-même.

LISETTE. Savez-vous bien qu'on n'a jamais dit pareille chose à une femme, et que vous m'insultez?

ARLEQUIN, *d'un air naïf**. Point du tout : il n'y a point de mal à voir ce que les gens nous montrent ; ce n'est point moi qui ai tort de vous trouver coquette, c'est vous qui avez tort de l'être, Mademoiselle.

LISETTE, *d'un air un peu vif*. Mais par où voyez-vous donc que je le suis?

ARLEQUIN. Parce qu'il y a une heure que vous me dites

ACTE I. *Scène 6*   34

des douceurs, et que vous prenez le tour pour me dire que vous m'aimez. Écoutez, si vous m'aimez tout de bon, retirez-vous vite, afin que cela s'en aille ; car je suis pris, et naturellement je ne veux pas qu'une fille me fasse l'amour* la première, c'est moi qui veux commencer à le faire à la fille, cela est bien meilleur. Et si vous 570 ne m'aimez pas, eh fi ! Mademoiselle, fi ! fi !

LISETTE. Allez, allez, vous n'êtes qu'un visionnaire.

ARLEQUIN. Comment est-ce que les garçons à la cour peuvent souffrir ces manières-là dans leurs maîtresses* ? Par la morbleu ! qu'une femme est laide quand elle est coquette.

LISETTE. Mais, mon pauvre garçon, vous extravaguez.

ARLEQUIN. Vous parlez de Silvia, c'est cela qui est aimable ; si je vous contais notre amour, vous tomberiez dans l'admiration de sa modestie*. Les premiers jours, il 580 fallait voir comme elle se reculait d'auprès de moi, et puis elle reculait plus doucement, et puis petit à petit elle ne reculait plus, ensuite elle me regardait en cachette, et puis elle avait honte quand je l'avais vue faire, et puis moi j'avais un plaisir de roi à voir sa honte ; ensuite j'attrapais sa main, qu'elle me laissait prendre, et puis elle était encore toute confuse ; et puis je lui parlais ; ensuite elle ne me répondait rien, mais n'en pensait pas moins ; ensuite elle me donnait des regards pour des paroles, et puis des paroles qu'elle laissait aller 590 sans y songer, parce que son cœur allait plus vite qu'elle : enfin c'était un charme, aussi j'étais comme un fou. Et voilà ce qui s'appelle une fille ; mais vous ne ressemblez point à Silvia[1].

LISETTE. En vérité vous me divertissez, vous me faites rire.

ARLEQUIN, *en s'en allant*. Oh ! pour moi, je m'ennuie de vous faire rire à vos dépens : adieu, si tout le monde était comme moi, vous trouveriez plus tôt un merle blanc qu'un amoureux.

Trivelin arrive quand il sort.

Scène 7
ARLEQUIN, LISETTE, TRIVELIN

TRIVELIN, *à Arlequin*. Vous sortez ?

ARLEQUIN. Oui ; cette demoiselle veut que je l'aime, mais il n'y a pas moyen.

TRIVELIN. Alors, allons faire un tour en attendant le dîner*, cela vous désennuiera.

Scène 8
LE PRINCE, FLAMINIA, LISETTE

FLAMINIA, *à Lisette*. Eh bien, nos affaires avancent-elles ? Comment va le cœur d'Arlequin ?

LISETTE, *d'un air fâché*. Il va très brutalement pour moi.

FLAMINIA. Il t'a donc mal reçue ?

LISETTE. Eh fi ! Mademoiselle, vous êtes une coquette : voilà de son style.

LE PRINCE. J'en suis fâché, Lisette : mais il ne faut pas que cela vous chagrine, vous n'en valez pas moins.

LISETTE. Je vous avoue, seigneur, que si j'étais vaine, je n'aurais pas mon compte ; j'ai des preuves que je puis

ACTE I. *Scène 8*

déplaire, et nous autres femmes nous nous passons bien de ces preuves-là.

FLAMINIA. Allons, allons, c'est maintenant à moi à tenter l'aventure.

LE PRINCE. Puisqu'on ne peut gagner Arlequin, Silvia ne m'aimera jamais.

FLAMINIA. Et moi je vous dis, seigneur, que j'ai vu Arlequin, qu'il me plaît à moi, que je me suis mis dans la tête de vous rendre content ; que je vous ai promis que vous le seriez ; que je vous tiendrai parole, et que de tout ce que je vous dis là, je ne rabattrais pas la valeur d'un mot. Oh ! vous ne me connaissez pas. Quoi, seigneur, Arlequin et Silvia me résisteraient ? Je ne gouvernerais pas deux cœurs de cette espèce-là, moi qui l'ai entrepris, moi qui suis opiniâtre, moi qui suis femme ? c'est tout dire. Et moi, j'irais me cacher ! Mon sexe me renoncerait[1]. Seigneur, vous pouvez en toute sûreté ordonner les apprêts de votre mariage, vous arranger pour cela ; je vous garantis aimé, je vous garantis marié, Silvia va vous donner son cœur, ensuite sa main ; je l'entends d'ici vous dire : Je vous aime ; je vois vos noces, elles se font ; Arlequin m'épouse, vous nous honorez de vos bienfaits, et voilà qui est fini.

LISETTE, *d'un air incrédule*. Tout est fini, rien n'est commencé.

FLAMINIA. Tais-toi, esprit court.

LE PRINCE. Vous m'encouragez à espérer ; mais je vous avoue que je ne vois d'apparence* à rien.

FLAMINIA. Je les ferai bien venir, ces apparences*, j'ai de bons moyens pour cela ; je vais commencer par aller chercher Silvia, il est temps qu'elle voie Arlequin.

LISETTE. Quand ils se seront vus, j'ai bien peur que tes moyens n'aillent mal.

LE PRINCE. Je pense de même.

FLAMINIA, *d'un air indifférent.* Eh! nous ne différons que
651 du oui et du non, ce n'est qu'une bagatelle*. Pour moi, j'ai résolu qu'ils se voient librement : sur la liste des mauvais tours que je veux jouer à leur amour, c'est ce tour-là que j'ai mis à la tête.

LE PRINCE. Faites donc à votre fantaisie.

FLAMINIA. Retirons-nous, voici Arlequin qui vient.

Scène 9
ARLEQUIN, TRIVELIN
et une suite de valets

ARLEQUIN. Par parenthèse, dites-moi une chose : il y a une heure que je rêve* à quoi servent ces grands drôles bariolés qui nous accompagnent partout. Ces gens-là
660 sont bien curieux!

TRIVELIN. Le Prince, qui vous aime, commence par là à vous donner des témoignages de sa bienveillance; il veut que ces gens-là vous suivent pour vous faire honneur.

ARLEQUIN. Oh! oh! c'est donc une marque d'honneur?

TRIVELIN. Oui sans doute.

ARLEQUIN. Et dites-moi, ces gens-là qui me suivent, qui
668 est-ce qui les suit, eux?

TRIVELIN. Personne.

ARLEQUIN. Et vous, n'avez-vous personne aussi?

TRIVELIN. Non.

ARLEQUIN. On ne vous honore donc pas, vous autres?

ACTE I. *Scène 10*

TRIVELIN. Nous ne méritons pas cela.

ARLEQUIN, *en colère et prenant son bâton*. Allons, cela étant, hors d'ici, tournez-moi les talons avec toutes ces canailles-là.

TRIVELIN. D'où vient donc cela ?

ARLEQUIN. Détalez, je n'aime point les gens sans honneur et qui ne méritent pas qu'on les honore.

TRIVELIN. Vous ne m'entendez* pas.

ARLEQUIN, *en le frappant*. Je m'en vais donc vous parler plus clairement.

TRIVELIN, *en s'enfuyant*. Arrêtez, arrêtez, que faites-vous ?

Arlequin court aussi après les autres valets qu'il chasse, et Trivelin se réfugie dans une coulisse.

Scène 10
ARLEQUIN, TRIVELIN

ARLEQUIN *revient sur le théâtre*. Ces marauds-là ! j'ai eu toutes les peines du monde à les congédier. Voilà une drôle de façon d'honorer un honnête* homme, que de mettre une troupe de coquins après lui : c'est se moquer du monde.

Il se retourne et voit Trivelin qui revient.

Mon ami, est-ce que je ne me suis pas bien expliqué ?

TRIVELIN, *de loin*. Écoutez, vous m'avez battu : mais je vous le pardonne, je vous crois un garçon raisonnable.

ARLEQUIN. Vous le voyez bien.

TRIVELIN, *de loin.* Quand je vous dis que nous ne méritons pas d'avoir des gens à notre suite, ce n'est pas que nous manquions d'honneur ; c'est qu'il n'y a que les personnes considérables, les seigneurs, les gens riches, qu'on honore de cette manière-là : s'il suffisait d'être honnête* homme, moi qui vous parle, j'aurais après moi une armée de valets.

ARLEQUIN, *remettant sa latte*[1]. Oh ! à présent je vous comprends ; que diantre ! que ne dites-vous les choses comme il faut ? Je n'aurais pas les bras démis, et vos épaules s'en porteraient mieux.

TRIVELIN. Vous m'avez fait mal.

ARLEQUIN. Je le crois bien, c'était mon intention ; par bonheur ce n'est qu'un malentendu, et vous devez être bien aise d'avoir reçu innocemment[2] les coups de bâton que je vous ai donnés. Je vois bien à présent que c'est qu'on fait ici tout l'honneur aux gens considérables, riches, et à celui qui n'est qu'honnête homme, rien.

TRIVELIN. C'est cela même.

ARLEQUIN, *d'un air dégoûté.* Sur ce pied-là* ce n'est pas grand-chose que d'être honoré, puisque cela ne signifie pas qu'on soit honorable.

TRIVELIN. Mais on peut être honorable avec cela.

ARLEQUIN. Ma foi, tout bien compté, vous me ferez plaisir de me laisser là sans compagnie ; ceux qui me verront tout seul me prendront tout d'un coup pour un honnête* homme, j'aime autant cela que d'être pris pour un grand seigneur.

TRIVELIN. Nous avons ordre de rester auprès de vous.

ARLEQUIN. Menez-moi donc voir Silvia.

TRIVELIN. Vous serez satisfait, elle va venir... Parbleu, je ne vous trompe pas, car la voilà qui entre : adieu, je me retire.

ACTE I. *Scène 11*

Scène 11
SILVIA, FLAMINIA, ARLEQUIN

SILVIA, *en entrant, accourt avec joie*. Ah! le voici! Eh! mon cher Arlequin, c'est donc vous! Je vous revois donc! Le pauvre enfant[1]! que je suis aise!

ARLEQUIN, *tout étouffé de joie*. Et moi aussi. *(Il prend respiration.)* Oh! oh! je me meurs de joie.

SILVIA. Là, là, mon fils, doucement; comme il m'aime, quel plaisir d'être aimée comme cela!

FLAMINIA, *les regardant tous deux*. Vous me ravissez tous deux, mes chers enfants, et vous êtes bien aimables de vous être si fidèles. *(Et comme tout bas.)* Si quelqu'un m'entendait dire cela, je serais perdue : mais dans le fond du cœur je vous estime, et je vous plains.

SILVIA, *lui répondant*. Hélas! c'est que vous êtes un bon cœur. J'ai bien soupiré, mon cher Arlequin.

ARLEQUIN, *tendrement et lui prenant la main*. M'aimez-vous toujours?

SILVIA. Si je vous aime! Cela se demande-t-il? est-ce une question à faire?

FLAMINIA, *d'un air naturel à Arlequin*. Oh! pour cela, je puis vous certifier sa tendresse. Je l'ai vue au désespoir, je l'ai vue pleurer de votre absence; elle m'a touchée moi-même, je mourais d'envie de vous voir ensemble; vous voilà : adieu, mes amis, je m'en vais, car vous m'attendrissez; vous me faites tristement ressouvenir d'un amant* que j'avais, et qui est mort; il avait de l'air d'Arlequin, et je ne l'oublierai jamais. Adieu, Silvia, on m'a mise auprès de vous, mais je ne vous desservirai point. Aimez toujours Arlequin, il le mérite; et vous,

*Christine Boudet, Robert Hirsch, Lise Delamare.
(Comédie-Française, 1950.)*

ACTE I. *Scène 12*

Arlequin, quelque chose qu'il arrive, regardez-moi comme une amie, comme une personne qui voudrait pouvoir vous obliger, je ne négligerai rien pour cela.

ARLEQUIN, *doucement*. Allez, Mademoiselle, vous êtes une fille de bien ; je suis votre ami aussi, moi ; je suis fâché de la mort de votre amant, c'est bien dommage que vous soyez affligée, et nous aussi.

Flaminia sort.

Scène 12

ARLEQUIN, SILVIA

SILVIA, *d'un air plaintif*. Eh bien, mon cher Arlequin ?

ARLEQUIN. Eh bien, mon âme ?

SILVIA. Nous sommes bien malheureux.

ARLEQUIN. Aimons-nous toujours ; cela nous aidera à prendre patience.

SILVIA. Oui, mais notre amitié, que deviendra-t-elle ? Cela m'inquiète.

ARLEQUIN. Hélas ! m'amour, je vous dis de prendre patience, mais je n'ai pas plus de courage que vous. *(Il lui prend la main.)* Pauvre petit trésor à moi, ma mie ; il y a trois jours que je n'ai vu ces beaux yeux-là, regardez-moi toujours pour me récompenser[1].

SILVIA, *d'un air inquiet*. Ah ! j'ai bien des choses à vous dire ! j'ai peur de vous perdre ; j'ai peur qu'on ne vous fasse quelque mal par méchanceté de jalousie ; j'ai peur que vous ne soyez trop longtemps sans me voir, et que vous ne vous y accoutumiez.

ARLEQUIN. Petit cœur, est-ce que je m'accoutumerais à être malheureux ?

SILVIA. Je ne veux point que vous m'oubliiez ; je ne veux point non plus que vous enduriez rien à cause de moi ; je ne sais point dire ce que je veux, je vous aime trop, c'est une pitié que mon embarras, tout me chagrine.

ARLEQUIN *pleure*. Hi ! hi ! hi ! hi !

SILVIA, *tristement*. Oh bien, Arlequin, je m'en vais donc pleurer aussi, moi.

ARLEQUIN. Comment voulez-vous que je m'empêche de pleurer, puisque vous voulez être si triste ? si vous aviez un peu de compassion pour moi, est-ce que vous seriez si affligée ?

SILVIA. Demeurez donc en repos, je ne vous dirai plus que je suis chagrine*.

ARLEQUIN. Oui ; mais je devinerai que vous l'êtes ; il faut me promettre que vous ne le serez plus.

SILVIA. Oui, mon fils : mais promettez-moi aussi que vous m'aimerez toujours.

ARLEQUIN, *en s'arrêtant tout court pour la regarder*. Silvia, je suis votre amant*, vous êtes ma maîtresse*, retenez-le bien, car cela est vrai, et tant que je serai en vie, cela ira toujours le même train, cela ne branlera pas, je mourrai de compagnie avec cela. Ah çà, dites-moi le serment que vous voulez que je vous fasse ?

SILVIA, *bonnement**. Voilà qui va bien, je ne sais point de serments ; vous êtes un garçon d'honneur, j'ai votre amitié, vous avez la mienne, je ne la reprendrai pas. A qui est-ce que je la porterais ? N'êtes-vous pas le plus joli garçon qu'il y ait ? Y a-t-il quelque fille qui puisse vous aimer autant que moi ? Eh bien, n'est-ce pas assez ? Nous en faut-il davantage ? Il n'y a qu'à rester comme nous sommes, il n'y aura pas besoin de serments.

ACTE I. *Scène 13*

ARLEQUIN. Dans cent ans d'ici, nous serons tout de même.

SILVIA. Sans doute.

ARLEQUIN. Il n'y a donc rien à craindre, ma mie, tenons-nous donc joyeux.

SILVIA. Nous souffrirons peut-être un peu, voilà tout.

ARLEQUIN. C'est une bagatelle* ; quand on a un peu pâti*, le plaisir en semble meilleur.

SILVIA. Oh ! pourtant, je n'aurais que faire de pâtir pour être bien aise, moi.

ARLEQUIN. Il n'y aura qu'à ne pas songer que nous pâtissons.

SILVIA, *en le regardant tendrement*. Ce cher petit homme*, comme il m'encourage !

ARLEQUIN, *tendrement*. Je ne m'embarrasse que de vous.

SILVIA, *en le regardant*. Où est-ce qu'il prend tout ce qu'il me dit ? Il n'y a que lui au monde comme cela ; mais aussi il n'y a que moi pour vous aimer, Arlequin.

ARLEQUIN *saute d'aise*. C'est comme du miel, ces paroles-là.

En même temps viennent Flaminia et Trivelin.

Scène 13

ARLEQUIN, SILVIA, FLAMINIA, TRIVELIN

TRIVELIN, *à Silvia*. Je suis au désespoir de vous interrompre : mais votre mère vient d'arriver, Mademoiselle Silvia, et elle demande instamment à vous parler.

SILVIA, *regardant Arlequin*. Arlequin, ne me quittez pas, je n'ai rien de secret pour vous.

ARLEQUIN, *la prenant sous le bras*. Marchons, ma petite.

FLAMINIA, *d'un air de confiance, et s'approchant d'eux*. Ne craignez rien, mes enfants ; allez toute seule trouver votre mère, ma chère Silvia ; cela sera plus séant. Vous êtes libre de vous voir autant qu'il vous plaira, c'est moi qui vous en assure, vous savez bien que je ne voudrais pas vous tromper.

ARLEQUIN. Oh non ; vous êtes de notre parti, vous[1].

SILVIA. Adieu donc, mon fils, je vous rejoindrai bientôt.

Elle sort.

ARLEQUIN, *à Flaminia qui veut s'en aller, et qu'il arrête*. Notre amie, pendant qu'elle sera là, restez avec moi, pour empêcher que je ne m'ennuie ; il n'y a ici que votre compagnie que je puisse endurer.

FLAMINIA, *comme en secret*. Mon cher Arlequin, la vôtre me fait bien du plaisir aussi : mais j'ai peur qu'on ne s'aperçoive de l'amitié que j'ai pour vous.

TRIVELIN. Seigneur Arlequin, le dîner* est prêt.

ARLEQUIN, *tristement*. Je n'ai point de faim.

FLAMINIA, *d'un air d'amitié*. Je veux que vous mangiez, vous en avez besoin.

ARLEQUIN, *doucement*. Croyez-vous ?

FLAMINIA. Oui.

ARLEQUIN. Je ne saurais. *(A Trivelin.)* La soupe est-elle bonne ?

TRIVELIN. Exquise.

ARLEQUIN. Hum, il faut attendre Silvia ; elle aime le potage.

ACTE I. *Scène 13*

FLAMINIA. Je crois qu'elle dînera avec sa mère ; vous êtes le maître pourtant : mais je vous conseille de les laisser ensemble, n'est-il pas vrai ? Après dîner* vous la verrez.

ARLEQUIN. Je veux bien : mais mon appétit n'est pas encore ouvert.

TRIVELIN. Le vin est au frais, et le rôt tout prêt.

ARLEQUIN. Je suis si triste... Ce rôt est donc friand ?

TRIVELIN. C'est du gibier qui a une mine...

ARLEQUIN. Que de chagrins ! Allons donc ; quand la viande est froide, elle ne vaut rien.

FLAMINIA. N'oubliez pas de boire à ma santé.

ARLEQUIN. Venez boire à la mienne, à cause de la connaissance.

FLAMINIA. Oui-da, de tout mon cœur, j'ai une demi-heure à vous donner.

ARLEQUIN. Bon, je suis content de vous.

Acte II

Scène 1
FLAMINIA, SILVIA

SILVIA. Oui, je vous crois, vous paraissez me vouloir du bien ; aussi vous voyez que je ne souffre que vous, je regarde tous les autres comme mes ennemis. Mais où est Arlequin ?

FLAMINIA. Il va venir, il dîne* encore.

SILVIA. C'est quelque chose d'épouvantable que ce pays-ci ! Je n'ai jamais vu de femmes si civiles, des hommes si honnêtes*, ce sont des manières si douces, tant de révérences, tant de compliments, tant de signes d'amitié, vous diriez que ce sont les meilleures gens du monde, qu'ils sont pleins de cœur et de conscience ; point du tout, de tous ces gens-là, il n'y en a pas un qui ne vienne me dire d'un air prudent : Mademoiselle, croyez-moi, je vous conseille d'abandonner Arlequin, et d'épouser le Prince. Mais ils me conseillent cela tout naturellement, sans avoir honte, non plus que s'ils m'exhortaient à quelque bonne action. Mais, leur dis-je, j'ai promis à Arlequin ; où est la fidélité, la probité, la bonne foi ? Ils ne m'entendent pas ; ils ne savent ce que c'est que tout cela, c'est tout comme si je leur parlais grec ; ils me rient au nez, me disent que je fais l'enfant, qu'une grande fille doit avoir de la raison. Eh ! cela n'est-il pas joli ? Ne valoir rien, tromper son prochain, lui manquer de

ACTE II. *Scène 1*

parole, être fourbe et mensonger, voilà le devoir des grandes personnes de ce maudit endroit-ci. Qu'est-ce que c'est que ces gens-là ? D'où sortent-ils ? De quelle pâte sont-ils ?

FLAMINIA. De la pâte des autres hommes, ma chère Silvia ; que cela ne vous étonne pas, ils s'imaginent que ce serait votre bonheur que le mariage du Prince.

SILVIA. Mais ne suis-je pas obligée d'être fidèle ? N'est-ce pas mon devoir d'honnête fille ? et quand on ne fait pas son devoir, est-on heureuse ? Par-dessus le marché, cette fidélité n'est-elle pas mon charme ? Et on a le courage de me dire : Là, fais un mauvais tour, qui ne te rapportera que du mal, perds ton plaisir et ta bonne foi. Et parce que je ne veux pas, moi, on me trouve dégoûtée.

FLAMINIA. Que voulez-vous ? ces gens-là pensent à leur façon, et souhaiteraient que le Prince fût content*.

SILVIA. Mais ce Prince, que ne prend-il une fille qui se rende à lui de bonne volonté ? Quelle fantaisie* d'en vouloir une qui ne veut pas de lui ? Quel goût trouve-t-il à cela ? Car c'est un abus que tout ce qu'il fait, tous ces concerts, ces comédies, ces grands repas qui ressemblent à des noces, ces bijoux qu'il m'envoie ; tout cela lui coûte un argent infini, c'est un abîme, il se ruine ; demandez-moi ce qu'il y gagne ? Quand il me donnerait toute la boutique d'un mercier, cela ne me ferait pas tant de plaisir qu'un petit peloton qu'Arlequin m'a donné.

FLAMINIA. Je n'en doute pas, voilà ce que c'est que l'amour ; j'ai aimé de même, et je me reconnais au petit peloton.

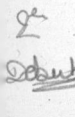

SILVIA. Tenez, si j'avais eu à changer Arlequin contre un autre, ç'aurait été contre un officier du palais[1], qui m'a vue cinq ou six fois, et qui est d'aussi bonne façon* qu'on puisse être : il y a bien à tirer[2] si le Prince le vaut ; c'est dommage que je n'aie pu l'aimer dans le fond, et je le plains plus que le Prince.

FLAMINIA, *souriant en cachette*. Oh ! Silvia, je vous assure que vous plaindrez le Prince autant que lui quand vous le connaîtrez.

SILVIA. Eh bien, qu'il tâche de m'oublier, qu'il me renvoie, qu'il voie d'autres filles ; il y en a ici qui ont leur amant* tout comme moi : mais cela ne les empêche pas d'aimer tout le monde, j'ai bien vu que cela ne leur coûte rien : mais pour moi, cela m'est impossible.

FLAMINIA. Eh ma chère enfant, avons-nous rien ici qui vous vaille, rien qui approche de vous ?

SILVIA, *d'un air modeste*. Oh que si, il y en a de plus jolies que moi ; et quand elles seraient la moitié moins jolies, cela leur fait plus de profit qu'à moi d'être tout à fait belle : j'en vois ici de laides qui font si bien aller leur visage, qu'on y est trompé.

FLAMINIA. Oui, mais le vôtre va tout seul, et cela est charmant.

SILVIA. Bon, moi, je ne parais rien, je suis toute d'une pièce auprès d'elles, je demeure là, je ne vais ni ne viens ; au lieu qu'elles, elles sont d'une humeur joyeuse, elles ont des yeux qui caressent tout le monde, elles ont une mine hardie, une beauté libre* qui ne se gêne point, qui est sans façon ; cela plaît davantage que non pas[1] une honteuse comme moi, qui n'ose regarder les gens et qui est confuse qu'on la trouve belle.

FLAMINIA. Eh ! voilà justement ce qui touche le Prince, voilà ce qu'il estime ; c'est cette ingénuité*, cette beauté simple, ce sont ces grâces naturelles. Eh ! croyez-moi, ne louez pas tant les femmes d'ici, car elles ne vous louent guère.

SILVIA. Qu'est-ce donc qu'elles disent ?

FLAMINIA. Des impertinences ; elles se moquent de vous, raillent le Prince, lui demandent comment se porte sa beauté rustique. Y a-t-il de visage plus commun, disaient l'autre jour ces jalouses entre elles ; de taille plus gauche ? Là-dessus l'une vous prenait[1] par les yeux, l'autre par la bouche ; il n'y avait pas jusqu'aux hommes qui ne vous trouvaient pas trop jolie ; j'étais dans une colère...

SILVIA. Pardi, voilà de vilains hommes, de trahir comme cela leur pensée pour plaire à ces sottes-là.

FLAMINIA. Sans difficulté.

SILVIA. Que je les hais, ces femmes-là ! Mais puisque je suis si peu agréable à leur compte, pourquoi donc est-ce que le Prince m'aime et qu'il les laisse là ?

FLAMINIA. Oh ! elles sont persuadées qu'il ne vous aimera pas longtemps, que c'est un caprice qui lui passera, et qu'il en rira tout le premier.

SILVIA, *piquée, et après avoir un peu regardé Flaminia.* Hum ! elles sont bien heureuses que j'aime Arlequin, sans cela j'aurais grand plaisir à les faire mentir, ces babillardes-là.

FLAMINIA. Ah ! qu'elles mériteraient bien d'être punies ! Je leur ai dit : Vous faites ce que vous pouvez pour faire renvoyer Silvia et pour plaire au Prince ; et si elle voulait, il ne daignerait pas vous regarder.

SILVIA. Pardi, vous voyez bien ce qu'il en est, il ne tient qu'à moi de les confondre.

FLAMINIA. Voilà de la compagnie qui vous vient.

SILVIA. Eh ! je crois que c'est cet officier dont je vous ai parlé, c'est lui-même. Voyez la belle physionomie d'homme !

Scène 2

LE PRINCE, *sous le nom d'officier du palais,*
LISETTE, *sous le nom de dame de la cour,
et les acteurs précédents*

Le Prince, en voyant Silvia, salue avec beaucoup de soumission.

SILVIA. Comment, vous voilà, Monsieur ? Vous saviez donc bien que j'étais ici ?

LE PRINCE. Oui, Mademoiselle, je le savais ; mais vous m'aviez dit de ne plus vous voir, et je n'aurais osé paraître sans Madame, qui a souhaité que je l'accompagnasse, et qui a obtenu du Prince l'honneur de vous faire la révérence.

La dame ne dit mot, et regarde seulement Silvia avec attention ; Flaminia et elle se font des mines.

SILVIA, *doucement*. Je ne suis pas fâchée de vous revoir, et vous me retrouvez bien triste. A l'égard de cette dame, je la remercie de la volonté qu'elle a de me faire une révérence, je ne mérite pas cela ; mais qu'elle me la fasse, puisque c'est son désir, je lui en rendrai une comme je pourrai, elle excusera si je la fais mal.

LISETTE. Oui, ma mie, je vous excuserai de bon cœur, je ne vous demande pas l'impossible.

SILVIA, *répétant d'un air fâché, et à part, et faisant une révérence*. Je ne vous demande pas l'impossible, quelle manière de parler !

LISETTE. Quel âge avez-vous, ma fille ?

SILVIA, *piquée*. Je l'ai oublié, ma mère.

FLAMINIA, *à Silvia*. Bon.

ACTE II. *Scène 3*

Le Prince paraît[1] et affecte d'être surpris.

LISETTE. Elle se fâche, je pense ?

LE PRINCE. Mais, Madame, que signifient ces discours-là ? Sous prétexte de venir saluer Silvia, vous lui faites une insulte !

LISETTE. Ce n'est pas mon dessein ; j'avais la curiosité de voir cette petite fille qu'on aime tant, qui fait naître une si forte passion ; et je cherche ce qu'elle a de si aimable. On dit qu'elle est naïve*, c'est un agrément campagnard qui doit la rendre amusante, priez-la de nous donner quelques traits de naïveté* ; voyons son esprit.

SILVIA. Eh non, Madame, ce n'est pas la peine, il n'est pas si plaisant que le vôtre.

LISETTE, *riant*. Ah ! ah ! vous demandiez du naïf*, en voilà.

LE PRINCE. Allez-vous-en, Madame.

SILVIA. Cela m'impatiente à la fin, et si elle ne s'en va, je me fâcherai tout de bon.

LE PRINCE, *à Lisette*. Vous vous repentirez de votre procédé.

LISETTE, *en se retirant d'un air dédaigneux*. Adieu ; un pareil objet me venge assez de celui qui en a fait choix.

Scène 3

LE PRINCE, FLAMINIA, SILVIA

FLAMINIA. Voilà une créature bien effrontée !

SILVIA. Je suis outrée, j'ai bien affaire qu'on m'enlève pour se moquer de moi ; chacun a son prix, ne semble-t-il pas que je ne vaille pas bien ces femmes-là ? je ne voudrais pas être changée contre elles.

FLAMINIA. Bon, ce sont des compliments que les injures de cette jalouse-là.

LE PRINCE. Belle Silvia, cette femme-là nous a trompés, le Prince et moi ; vous m'en voyez au désespoir, n'en doutez pas. Vous savez que je suis pénétré de respect pour vous ; vous connaissez mon cœur, je venais ici pour me donner la satisfaction de vous voir, pour jeter encore une fois les yeux sur une personne si chère, et reconnaître[1] notre souveraine ; mais je ne prends pas garde que je me découvre, que Flaminia m'écoute, et que je vous importune encore.

FLAMINIA, *d'un air naturel*. Quel mal faites-vous ? ne sais-je pas bien qu'on ne peut la voir sans l'aimer ?

SILVIA. Et moi, je voudrais qu'il ne m'aimât pas, car j'ai du chagrin de ne pouvoir lui rendre le change ; encore si c'était un homme comme tant d'autres, à qui on dit ce qu'on veut ; mais il est trop agréable pour qu'on le maltraite, lui, et il a toujours été comme vous le voyez.

LE PRINCE. Ah ! que vous êtes obligeante, Silvia ! Que puis-je faire pour mériter ce que vous venez de me dire, si ce n'est de vous aimer toujours !

SILVIA. Eh bien ! aimez-moi, à la bonne heure, j'y aurai du plaisir, pourvu que vous me promettiez de prendre votre mal en patience ; car je ne saurais mieux faire, en vérité : Arlequin est venu le premier, voilà tout ce qui vous nuit. Si j'avais deviné que vous viendriez après lui, en bonne foi je vous aurais attendu ; mais vous avez du malheur, et moi je ne suis pas heureuse*.

LE PRINCE. Flaminia, je vous en fais juge, pourrait-on cesser d'aimer Silvia ? Connaissez-vous de cœur plus compatissant, plus généreux que le sien ? Non, la ten-

dresse d'une autre me toucherait moins que la seule
200 bonté qu'elle a de me plaindre.

SILVIA, *à Flaminia.* Et moi, je vous en fais juge aussi ; là, vous l'entendez, comment se comporter avec un homme qui me remercie toujours, qui prend tout ce qu'on lui dit en bien ?

FLAMINIA. Franchement, il a raison, Silvia, vous êtes charmante, et à sa place je serais tout comme il est.

SILVIA. Ah çà ! n'allez-vous pas l'attendrir encore, il n'a pas besoin qu'on lui dise tant que je suis jolie, il le croit assez. *(A Lélio[1].)* Croyez-moi, tâchez de m'aimer tran-
210 quillement, et vengez-moi de cette femme qui m'a injuriée.

LE PRINCE. Oui, ma chère Silvia, j'y cours ; à mon égard, de quelque façon que vous me traitiez, mon parti est pris, j'aurai du moins le plaisir de vous aimer toute ma vie.

SILVIA. Oh ! je m'en doutais bien, je vous connais.

FLAMINIA. Allez, Monsieur, hâtez-vous d'informer le Prince du mauvais procédé de la dame en question ; il faut que tout le monde sache ici le respect qui est dû à
220 Silvia.

LE PRINCE. Vous aurez bientôt de mes nouvelles.

Scène 4
FLAMINIA, SILVIA

FLAMINIA. Vous, ma chère, pendant que je vais chercher Arlequin, qu'on retient peut-être un peu trop longtemps à table, allez essayer l'habit qu'on vous a fait, il me tarde de vous le voir.

SILVIA. Tenez, l'étoffe est belle, elle m'ira bien ; mais je ne veux point de tous ces habits-là, car le Prince me veut en troc, et jamais nous ne finirons ce marché-là.

FLAMINIA. Vous vous trompez ; quand il vous quitterait, vous emporteriez tout ; vraiment, vous ne le connaissez pas.

SILVIA. Je m'en vais donc sur votre parole ; pourvu qu'il ne me dise pas après : Pourquoi as-tu pris mes présents ?

FLAMINIA. Il vous dira : Pourquoi n'en avoir pas pris davantage ?

SILVIA. En ce cas-là, j'en prendrai tant qu'il voudra, afin qu'il n'ait rien à me dire.

FLAMINIA. Allez, je réponds de tout.

Scène 5

FLAMINIA ; ARLEQUIN,
tout éclatant de rire, entre avec TRIVELIN.

FLAMINIA. Il me semble que les choses commencent à prendre forme ; voici Arlequin. En vérité, je ne sais, mais si ce petit homme* venait à m'aimer, j'en profiterais de bon cœur.

ARLEQUIN, *riant*. Ah ! ah ! ah ! Bonjour, mon amie.

FLAMINIA, *en souriant*. Bonjour, Arlequin ; dites-moi donc de quoi vous riez, afin que j'en rie aussi ?

ARLEQUIN. C'est que mon valet Trivelin, que je ne paie point, m'a mené par toutes les chambres de la maison, où l'on trotte comme dans les rues, où l'on jase comme dans notre halle, sans que le maître de la maison s'embarrasse de tous ces visages-là, et qui viennent chez lui

ACTE II. *Scène 5*

sans lui donner le bonjour, qui vont le voir manger, sans qu'il leur dise : Voulez-vous boire un coup ? Je me divertissais de ces originaux-là en revenant, quand j'ai vu un grand coquin qui a levé l'habit d'une dame par-derrière. Moi, j'ai cru qu'il lui faisait quelque niche, et je lui ai dit bonnement* : Arrêtez-vous, polisson, vous badinez malhonnêtement. Elle, qui m'a entendu, s'est retournée et m'a dit : Ne voyez-vous pas bien qu'il me porte la queue ? Et pourquoi vous la laissez-vous porter, cette queue ? ai-je repris. Sur cela le polisson s'est mis à rire, la dame riait, Trivelin riait, tout le monde riait : par compagnie je me suis mis à rire aussi. A cette heure je vous demande pourquoi nous avons ri, tous ?

FLAMINIA. D'une bagatelle* : c'est que vous ne savez pas que ce que vous avez vu faire à ce laquais est un usage pour les dames.

ARLEQUIN. C'est donc encore un honneur ?

FLAMINIA. Oui, vraiment.

ARLEQUIN. Pardi, j'ai donc bien fait d'en rire ; car cet honneur-là est bouffon et à bon marché.

FLAMINIA. Vous êtes gai, j'aime à vous voir comme cela ; avez-vous bien mangé depuis que je vous ai quitté ?

ARLEQUIN. Ah ! morbleu, qu'on a apporté de friandes drogues* ! Que le cuisinier d'ici fait de bonnes fricassées ! Il n'y a pas moyen de tenir contre sa cuisine ; j'ai tant bu à la santé de Silvia et de vous, que si vous êtes malade, ce ne sera pas ma faute.

FLAMINIA. Quoi ! vous vous êtes encore ressouvenu de moi ?

ARLEQUIN. Quand j'ai donné mon amitié à quelqu'un, jamais je ne l'oublie, surtout à table. Mais à propos de Silvia, est-elle encore avec sa mère ?

TRIVELIN. Mais, seigneur Arlequin, songerez-vous toujours à Silvia ?

ARLEQUIN. Taisez-vous quand je parle.

FLAMINIA. Vous avez tort, Trivelin.

TRIVELIN. Comment, j'ai tort !

FLAMINIA. Oui ; pourquoi l'empêchez-vous de parler de ce qu'il aime ?

TRIVELIN. A ce que je vois, Flaminia, vous vous souciez beaucoup des intérêts du Prince !

FLAMINIA, *comme épouvantée.* Arlequin, cet homme-là me fera des affaires à cause de vous.

ARLEQUIN, *en colère.* Non, ma bonne. *(A Trivelin.)* Écoute, je suis ton maître, car tu me l'as dit ; je n'en savais rien, fainéant que tu es ! S'il t'arrive de faire le rapporteur, et qu'à cause de toi on fasse seulement la moue à cette honnête fille-là, c'est deux oreilles que tu auras de moins : je te les garantis dans ma poche.

TRIVELIN. Je ne suis pas à cela près, et je veux faire mon devoir.

ARLEQUIN. Deux oreilles, entends-tu bien à présent ? Va-t'en.

TRIVELIN. Je vous pardonne tout à vous, car enfin il le faut : mais vous me le paierez, Flaminia.

Arlequin veut retourner sur lui, et Flaminia l'arrête ; quand il est revenu, il dit.

Scène 6
ARLEQUIN, FLAMINIA

ARLEQUIN. Cela est terrible ! Je n'ai trouvé ici qu'une personne qui entende la raison, et l'on vient chicaner ma conversation avec elle. Ma chère Flaminia, à présent, parlons de Silvia à notre aise ; quand je ne la vois point, il n'y a qu'avec vous que je m'en passe[1].

FLAMINIA, *d'un air simple.* Je ne suis point ingrate, il n'y a rien que je ne fisse pour vous rendre contents tous les deux ; et d'ailleurs vous êtes si estimable, Arlequin, quand je vois qu'on vous chagrine, je souffre autant que vous.

ARLEQUIN. La bonne sorte de fille ! Toutes les fois que vous me plaignez, cela m'apaise, je suis la moitié moins fâché d'être triste.

FLAMINIA. Pardi, qui est-ce qui ne vous plaindrait pas ? Qui est-ce qui ne s'intéresserait pas à vous ? Vous ne connaissez pas ce que vous valez, Arlequin.

ARLEQUIN. Cela se peut bien, je n'y ai jamais regardé de si près.

FLAMINIA. Si vous saviez combien il m'est cruel de n'avoir point de pouvoir ! si vous lisiez dans mon cœur !

ARLEQUIN. Hélas ! je ne sais point lire, mais vous me l'expliqueriez. Par la mardi*, je voudrais n'être plus affligé, quand ce ne serait que pour l'amour* du souci que cela vous donne ; mais cela viendra.

FLAMINIA, *d'un ton triste.* Non, je ne serai jamais témoin de votre contentement, voilà qui est fini ; Trivelin causera, l'on me séparera d'avec vous, et que sais-je, moi, où l'on m'emmènera ? Arlequin, je vous parle peut-être pour la dernière fois, et il n'y a plus de plaisir pour moi dans le monde.

ARLEQUIN, *triste*. Pour la dernière fois ! J'ai donc bien du guignon* ! Je n'ai qu'une pauvre maîtresse*, ils me l'ont emportée, vous emporteraient-ils encore ? et où est-ce que je prendrai du courage pour endurer tout cela ? Ces gens-là croient-ils que j'aie un cœur de fer ? ont-ils entrepris mon trépas ? seront-ils si barbares ?

FLAMINIA. En tout cas, j'espère que vous n'oublierez jamais Flaminia, qui n'a rien tant souhaité que votre bonheur.

ARLEQUIN. Ma mie, vous me gagnez le cœur ; conseillez-moi dans ma peine, avisons-nous, quelle est votre pensée ? Car je n'ai point d'esprit, moi, quand je suis fâché ; il faut que j'aime Silvia, il faut que je vous garde, il ne faut pas que mon amour pâtisse* de notre amitié, ni notre amitié de mon amour, et me voilà bien embarrassé.

FLAMINIA. Et moi bien malheureuse. Depuis que j'ai perdu mon amant*, je n'ai eu de repos qu'en votre compagnie, je respire avec vous ; vous lui ressemblez tant, que je crois quelquefois lui parler ; je n'ai vu dans le monde que vous et lui de si aimables.

ARLEQUIN. Pauvre fille ! il est fâcheux que j'aime Silvia, sans cela je vous donnerais de bon cœur la ressemblance de votre amant. C'était donc un joli garçon ?

FLAMINIA. Ne vous ai-je pas dit qu'il était fait comme vous, que vous êtes son portrait ?

ARLEQUIN. Et vous l'aimiez donc beaucoup ?

FLAMINIA. Regardez-vous, Arlequin, voyez combien vous méritez d'être aimé, et vous verrez combien je l'aimais.

ARLEQUIN. Je n'ai vu personne répondre si doucement

que vous, votre amitié se met partout ; je n'aurais jamais cru être si joli que vous le dites ; mais puisque vous aimiez tant ma copie, il faut bien croire que l'original mérite quelque chose.

FLAMINIA. Je crois que vous m'auriez encore plu davantage ; mais je n'aurais pas été assez belle pour vous.

ARLEQUIN, *avec feu*. Par la sambille*, je vous trouve charmante avec cette pensée-là.

FLAMINIA. Vous me troublez, il faut que je vous quitte ; je n'ai que trop de peine à m'arracher d'auprès de vous : mais où cela nous conduirait-il ? Adieu, Arlequin, je vous verrai toujours, si on me le permet ; je ne sais où je suis.

ARLEQUIN. Je suis tout de même.

FLAMINIA. J'ai trop de plaisir à vous voir.

ARLEQUIN. Je ne vous refuse pas ce plaisir-là, moi, regardez-moi à votre aise, je vous rendrai la pareille.

FLAMINIA, *s'en allant*. Je n'oserais : adieu.

ARLEQUIN, *seul*. Ce pays-ci n'est pas digne d'avoir cette fille-là ; si par quelque malheur Silvia venait à manquer, dans mon désespoir je crois que je me retirerais avec elle.

Scène 7

TRIVELIN *arrive avec* UN SEIGNEUR
qui vient derrière lui ; ARLEQUIN

TRIVELIN. Seigneur Arlequin, n'y a-t-il point de risque à reparaître ? N'est-ce point compromettre mes épaules ? Car vous jouez merveilleusement de votre épée de bois.

ARLEQUIN. Je serai bon, quand vous serez sage.

TRIVELIN. Voilà un seigneur qui demande à vous parler.

Le Seigneur approche, et fait des révérences, qu'Arlequin lui rend.

ARLEQUIN, *à part*. J'ai vu cet homme-là quelque part.

LE SEIGNEUR. Je viens vous demander une grâce ; mais ne vous incommoderai-je point, Monsieur Arlequin ?

ARLEQUIN. Non, Monsieur, vous ne me faites ni bien ni mal, en vérité. *(En voyant le Seigneur qui se couvre.)* Vous n'avez seulement qu'à me dire si je dois aussi mettre mon chapeau.

LE SEIGNEUR. De quelque façon que vous soyez, vous me ferez honneur.

ARLEQUIN, *se couvrant*. Je vous crois, puisque vous le dites. Que souhaite de moi Votre Seigneurie ? Mais ne me faites point de compliments, ce serait autant de perdu, car je n'en sais point rendre.

LE SEIGNEUR. Ce ne sont point des compliments, mais des témoignages d'estime.

ARLEQUIN. Galbanum[1] que tout cela ! Votre visage ne m'est point nouveau, Monsieur ; je vous ai vu quelque part à la chasse, où vous jouiez de la trompette ; je vous ai ôté mon chapeau en passant, et vous me devez ce coup de chapeau-là.

LE SEIGNEUR. Quoi ! je ne vous saluai point ?

ARLEQUIN. Pas un brin.

LE SEIGNEUR. Je ne m'aperçus donc pas de votre honnêteté* ?

ARLEQUIN. Oh que si ; mais vous n'aviez point de grâce à me demander, voilà pourquoi je perdis mon étalage[2].

LE SEIGNEUR. Je ne me reconnais point à cela.

ACTE II. *Scène 7*   62

ARLEQUIN. Ma foi, vous n'y perdez rien. Mais que vous plaît-il ?

LE SEIGNEUR. Je compte sur votre bon cœur ; voici ce que c'est : j'ai eu le malheur de parler cavalièrement de vous devant le Prince...

ARLEQUIN. Vous n'avez encore qu'à ne vous pas reconnaître à cela.

LE SEIGNEUR. Oui ; mais le Prince s'est fâché contre moi.

ARLEQUIN. Il n'aime donc pas les médisants ?

LE SEIGNEUR. Vous le voyez bien.

ARLEQUIN. Oh ! oh ! voilà qui me plaît ; c'est un honnête* homme ; s'il ne me retenait pas ma maîtresse*, je serais fort content* de lui. Et que vous a-t-il dit ? Que vous étiez un mal appris ?

LE SEIGNEUR. Oui.

ARLEQUIN. Cela est très raisonnable : de quoi vous plaignez-vous ?

LE SEIGNEUR. Ce n'est pas là tout : Arlequin, m'a-t-il répondu, est un garçon d'honneur ; je veux qu'on l'honore, puisque je l'estime ; la franchise et la simplicité de son caractère sont des qualités que je voudrais que vous eussiez tous. Je nuis à son amour, et je suis au désespoir que le mien m'y force.

ARLEQUIN, *attendri*. Par la morbleu*, je suis son serviteur ; franchement, je fais cas de lui, et je croyais être plus en colère contre lui que je ne le suis.

LE SEIGNEUR. Ensuite il m'a dit de me retirer ; mes amis là-dessus ont tâché de le fléchir pour moi.

ARLEQUIN. Quand ces amis-là s'en iraient aussi avec vous, il n'y aurait pas grand mal ; car dis-moi qui tu hantes, et je te dirai qui tu es.

LE SEIGNEUR. Il s'est aussi fâché contre eux.

ARLEQUIN. Que le Ciel bénisse cet homme de bien, il a vidé là sa maison d'une mauvaise graine de gens.

LE SEIGNEUR. Et nous ne pouvons reparaître tous qu'à condition que vous demandiez notre grâce.

ARLEQUIN. Par ma foi, Messieurs, allez où il vous plaira ; je vous souhaite un bon voyage.

LE SEIGNEUR. Quoi ! vous refuserez de prier pour moi ? Si vous n'y consentiez pas, ma fortune serait ruinée ; à présent qu'il ne m'est plus permis de voir le Prince, que ferais-je à la cour ? Il faudra que je m'en aille dans mes terres ; car je suis comme exilé.

ARLEQUIN. Comment, être exilé, ce n'est donc point vous faire d'autre mal que de vous envoyer manger votre bien chez vous ?

LE SEIGNEUR. Vraiment non ; voilà ce que c'est.

ARLEQUIN. Et vous vivrez là paix et aise[1], vous ferez vos quatre repas comme à l'ordinaire ?

LE SEIGNEUR. Sans doute, qu'y a-t-il d'étrange à cela ?

ARLEQUIN. Ne me trompez-vous pas ? Est-il sûr qu'on est exilé quand on médit ?

LE SEIGNEUR. Cela arrive assez souvent.

ARLEQUIN *saute d'aise*. Allons, voilà qui est fait, je m'en vais médire du premier venu, et j'avertirai Silvia et Flaminia d'en faire autant.

LE SEIGNEUR. Et la raison de cela ?

ARLEQUIN. Parce que je veux aller en exil, moi ; de la manière dont on punit les gens ici, je vais gager qu'il y a plus de gain à être puni que récompensé.

LE SEIGNEUR. Quoi qu'il en soit, épargnez-moi cette punition-là, je vous prie ; d'ailleurs, ce que j'ai dit de vous n'est pas grande chose.

ARLEQUIN. Qu'est-ce que c'est ?

LE SEIGNEUR. Une bagatelle*, vous dis-je.

ARLEQUIN. Mais voyons.

LE SEIGNEUR. J'ai dit que vous aviez l'air d'un homme
491 ingénu*, sans malice, là, d'un garçon de bonne foi.

ARLEQUIN, *riant de tout son cœur.* L'air d'un innocent, pour parler à la franquette[1] ; mais qu'est-ce que cela fait ? Moi, j'ai l'air d'un innocent* ; vous, vous avez l'air d'un homme d'esprit ; eh bien, à cause de cela, faut-il s'en fier à notre air ? N'avez-vous rien dit que cela ?

LE SEIGNEUR. Non ; j'ai ajouté seulement que vous donniez la comédie à ceux qui vous parlaient.

ARLEQUIN. Pardi, il faut bien vous donner votre revanche
500 à vous autres. Voilà donc toute votre faute ?

LE SEIGNEUR. Oui.

ARLEQUIN. C'est se moquer, vous ne méritez pas d'être exilé, vous avez cette bonne fortune*-là pour rien.

LE SEIGNEUR. N'importe, empêchez que je ne le sois ; un homme comme moi ne peut demeurer qu'à la cour : il n'est en considération, il n'est en état de pouvoir se venger de ses envieux qu'autant qu'il se rend agréable au Prince, et qu'il cultive l'amitié de ceux qui gouvernent les affaires.

ARLEQUIN. J'aimerais mieux cultiver un bon champ, cela
511 rapporte toujours peu ou prou, et je me doute que l'amitié de ces gens-là n'est pas aisée à avoir ni à garder.

LE SEIGNEUR. Vous avez raison dans le fond : ils ont quelquefois des caprices fâcheux, mais on n'oserait s'en ressentir, on les ménage, on est souple avec eux, parce que c'est par leur moyen que vous vous vengez des autres.

ARLEQUIN. Quel trafic ! C'est justement recevoir des coups de bâton d'un côté, pour avoir le privilège d'en donner d'un autre ; voilà une drôle de vanité ! A vous voir si humbles, vous autres, on ne croirait jamais que vous êtes si glorieux.

LE SEIGNEUR. Nous sommes élevés là-dedans. Mais écoutez, vous n'aurez point de peine à me remettre en faveur, car vous connaissez bien Flaminia ?

ARLEQUIN. Oui, c'est mon intime.

LE SEIGNEUR. Le Prince a beaucoup de bienveillance pour elle ; elle est la fille d'un de ses officiers ; et je me suis imaginé de lui faire sa fortune en la mariant à un petit-cousin que j'ai à la campagne, que je gouverne[1], et qui est riche. Dites-le au Prince, mon dessein me conciliera ses bonnes grâces.

ARLEQUIN. Oui, mais ce n'est pas là le chemin des miennes ; car je n'aime point qu'on épouse mes amies, moi, et vous n'imaginez rien qui vaille avec votre petit-cousin.

LE SEIGNEUR. Je croyais...

ARLEQUIN. Ne croyez plus.

LE SEIGNEUR. Je renonce à mon projet.

ARLEQUIN. N'y manquez pas ; je vous promets mon intercession, sans que le petit-cousin s'en mêle.

LE SEIGNEUR. Je vous ai beaucoup d'obligation ; j'attends l'effet de vos promesses : adieu, Monsieur Arlequin.

ARLEQUIN. Je suis votre serviteur. Diantre, je suis en crédit, car on fait ce que je veux. Il ne faut rien dire à Flaminia du cousin.

Scène 8
ARLEQUIN, FLAMINIA *arrive*.

FLAMINIA. Mon cher, je vous amène Silvia ; elle me suit.

ARLEQUIN. Mon amie, vous deviez bien venir m'avertir
550 plus tôt, nous l'aurions attendue en causant ensemble.

Silvia arrive.

Scène 9
ARLEQUIN, FLAMINIA, SILVIA

SILVIA. Bonjour, Arlequin. Ah ! que je viens d'essayer un bel habit ! Si vous me voyiez, en vérité, vous me trouveriez jolie ; demandez à Flaminia. Ah ! ah ! si je portais ces habits-là, les femmes d'ici seraient bien attrapées, elles ne diraient pas que j'ai l'air gauche. Oh ! que les ouvrières d'ici sont habiles !

ARLEQUIN. Ah, m'amour, elles ne sont pas si habiles que vous êtes bien faite.

SILVIA. Si je suis bien faite, Arlequin, vous n'êtes pas
560 moins honnête.

FLAMINIA. Du moins ai-je le plaisir de vous voir un peu plus contents à présent.

SILVIA. Eh dame ! puisqu'on ne nous gêne plus, j'aime autant être ici qu'ailleurs ; qu'est-ce que cela fait d'être là ou là ? On s'aime partout.

ARLEQUIN. Comment, nous gêner[1] ! On envoie les gens me

demander pardon pour la moindre impertinence qu'ils disent de moi.

SILVIA, *d'un air content.* J'attends une dame aussi, moi, qui viendra devant moi se repentir de ne m'avoir pas trouvée belle.

FLAMINIA. Si quelqu'un vous fâche dorénavant, vous n'avez qu'à m'en avertir.

ARLEQUIN. Pour cela, Flaminia nous aime comme si nous étions frères et sœurs. *(Il dit cela à Flaminia.)* Aussi, de notre part, c'est queussi queumi[1].

SILVIA. Devinez, Arlequin, qui j'ai encore rencontré ici ? Mon amoureux* qui venait me voir chez nous, ce grand monsieur si bien tourné ; je veux que vous soyez amis ensemble, car il a bon cœur aussi.

ARLEQUIN, *d'un air négligent.* A la bonne heure, je suis de tous bons accords.

SILVIA. Après tout, quel mal y a-t-il qu'il me trouve à son gré ? Prix pour prix, les gens qui nous aiment sont de meilleure compagnie que ceux qui ne se soucient pas de nous, n'est-il pas vrai ?

FLAMINIA. Sans doute.

ARLEQUIN, *gaiement.* Mettons encore Flaminia, elle se soucie de nous, et nous serons partie carrée[2].

FLAMINIA. Arlequin, vous me donnez là une marque d'amitié que je n'oublierai point.

ARLEQUIN. Ah çà, puisque nous voilà ensemble, allons faire collation*, cela amuse*.

SILVIA. Allez, allez, Arlequin ; à cette heure que nous nous voyons quand nous voulons, ce n'est pas la peine de nous ôter notre liberté à nous-mêmes ; ne vous gênez point.

Arlequin fait signe à Flaminia de venir.

FLAMINIA, *sur son geste, dit.* Je m'en vais avec vous ; aussi bien voilà quelqu'un qui entre et qui tiendra compagnie à Silvia.

Scène 10

LISETTE *entre avec quelques femmes pour témoins de ce qu'elle va faire, et qui restent derrière ;* SILVIA

Lisette fait de grandes révérences.

SILVIA, *d'un air un peu piqué.* Ne faites point tant de révérences, Madame, cela m'exemptera de vous en faire ; je m'y prends de si mauvaise grâce, à votre fantaisie* !

LISETTE, *d'un ton triste.* On ne vous trouve que trop de mérite.

SILVIA. Cela se passera. Ce n'est pas moi qui ai envie de plaire, telle que vous me voyez ; il me fâche assez d'être si jolie, et que vous ne soyez pas assez belle.

LISETTE. Ah, quelle situation !

SILVIA. Vous soupirez à cause d'une petite villageoise, vous êtes bien de loisir[1] ; et où avez-vous mis votre langue de tantôt, Madame ? Est-ce que vous n'avez plus de caquet quand il faut bien dire[2] ?

LISETTE. Je ne puis me résoudre à parler.

SILVIA. Gardez donc le silence ; car quand vous vous lamenteriez jusqu'à demain, mon visage n'empirera pas : beau ou laid, il restera comme il est. Qu'est-ce que vous me voulez ? Est-ce que vous ne m'avez pas assez querellée ? Eh bien, achevez, prenez-en votre suffisance.

LISETTE. Épargnez-moi, Mademoiselle ; l'emportement que j'ai eu contre vous a mis toute ma famille dans l'embarras : le Prince m'oblige à venir vous faire une réparation, et je vous prie de la recevoir sans me railler.

SILVIA. Voilà qui est fini, je ne me moquerai plus de vous ; je sais bien que l'humilité n'accommode pas les glorieux*, mais la rancune donne de la malice. Cependant je plains votre peine, et je vous pardonne. De quoi aussi vous avisiez-vous de me mépriser ?

LISETTE. J'avais cru m'apercevoir que le Prince avait quelque inclination pour moi, et je ne croyais pas en être indigne : mais je vois que ce n'est pas toujours aux agréments qu'on se rend.

SILVIA, *d'un ton vif*. Vous verrez que c'est à la laideur et à la mauvaise façon*, à cause qu'on se rend à moi. Comme ces jalouses ont l'esprit tourné !

LISETTE. Eh bien oui, je suis jalouse, il est vrai ; mais puisque vous n'aimez pas le Prince, aidez-moi à le remettre dans les dispositions où j'ai cru qu'il était pour moi : il est sûr que je ne lui déplaisais pas, et je le guérirai de l'inclination qu'il a pour vous, si vous me laissez faire.

SILVIA, *d'un air piqué*. Croyez-moi, vous ne le guérirez de rien ; mon avis est que cela vous passe.

LISETTE. Cependant cela me paraît possible ; car enfin je ne suis ni si maladroite, ni si désagréable.

SILVIA. Tenez, tenez, parlons d'autre chose ; vos bonnes qualités m'ennuient.

LISETTE. Vous me répondez d'une étrange manière ! Quoi qu'il en soit, avant qu'il soit quelques jours, nous verrons si j'ai si peu de pouvoir.

SILVIA, *vivement*. Oui, nous verrons des balivernes. Pardi, je parlerai au Prince ; il n'a pas encore osé me parler, lui, à cause que je suis trop fâchée : mais je lui ferai dire qu'il s'enhardisse, seulement pour voir.

LISETTE. Adieu, Mademoiselle, chacune de nous fera ce qu'elle pourra. J'ai satisfait à ce qu'on exigeait de moi à votre égard, et je vous prie d'oublier tout ce qui s'est passé entre nous.

SILVIA, *brusquement.* Marchez, marchez, je ne sais pas seulement si vous êtes au monde.

Scène 11
SILVIA, FLAMINIA *arrive.*

FLAMINIA. Qu'avez-vous, Silvia ? Vous êtes bien émue !

SILVIA. J'ai que je suis en colère ; cette impertinente femme de tantôt est venue pour me demander pardon, et sans faire semblant de rien, voyez la méchanceté, elle m'a encore fâchée, m'a dit que c'était à ma laideur qu'on se rendait, qu'elle était plus agréable, plus adroite que moi, qu'elle ferait bien passer l'amour du Prince ; qu'elle allait travailler pour cela ; que je verrai, pati, pata ; que sais-je, moi, tout ce qu'elle a mis en avant contre mon visage ! Est-ce que je n'ai pas raison d'être piquée ?

FLAMINIA, *d'un air vif et d'intérêt.* Écoutez, si vous ne faites taire tous ces gens-là, il faut vous cacher pour toute votre vie.

SILVIA. Je ne manque pas de bonne volonté ; mais c'est Arlequin qui m'embarrasse.

FLAMINIA. Eh ! je vous entends ; voilà un amour aussi mal placé, qui se rencontre là aussi mal à propos qu'on le puisse.

SILVIA. Oh ! j'ai toujours eu du guignon* dans les rencontres.

FLAMINIA. Mais si Arlequin vous voit sortir de la cour et méprisée, pensez-vous que cela le réjouisse ?

SILVIA. Il ne m'aimera pas tant, voulez-vous dire ?

FLAMINIA. Il y a tout à craindre.

SILVIA. Vous me faites rêver* à une chose, ne trouvez-vous pas qu'il est un peu négligent depuis que nous sommes ici, Arlequin ? il m'a quittée tantôt pour aller goûter* ; voilà une belle excuse !

FLAMINIA. Je l'ai remarqué comme vous ; mais ne me trahissez pas au moins ; nous nous parlons de fille à fille : dites-moi, après tout, l'aimez-vous tant, ce garçon ?

SILVIA, *d'un air indifférent*. Mais vraiment oui, je l'aime, il le faut bien.

FLAMINIA. Voulez-vous que je vous dise ? Vous me paraissez mal assortis ensemble. Vous avez du goût, de l'esprit, l'air fin et distingué ; il a l'air pesant, les manières grossières ; cela ne cadre point, et je ne comprends pas comment vous l'avez aimé ; je vous dirai même que cela vous fait tort.

SILVIA. Mettez-vous à ma place. C'était le garçon le plus passable de nos cantons, il demeurait dans mon village, il était mon voisin, il est assez facétieux, je suis de bonne humeur, il me faisait quelquefois rire, il me suivait partout, il m'aimait, j'avais coutume de le voir, et de coutume en coutume je l'ai aimé aussi, faute de mieux : mais j'ai toujours bien vu qu'il était enclin au vin et à la gourmandise.

FLAMINIA. Voilà de jolies vertus, surtout dans l'amant* de l'aimable et tendre Silvia ! Mais à quoi vous déterminez-vous donc ?

SILVIA. Je ne puis que dire ; il me passe tant de oui et de non par la tête, que je ne sais auquel entendre*. D'un

ACTE II. *Scène 11*

côté, Arlequin est un petit négligent qui ne songe ici qu'à manger ; d'un autre côté, si on me renvoie, ces glorieuses* de femmes feront accroire partout qu'on m'aura dit : Va-t'en, tu n'es pas assez jolie. D'un autre côté, ce monsieur que j'ai retrouvé ici...

FLAMINIA. Quoi ?

SILVIA. Je vous le dis en secret ; je ne sais ce qu'il m'a fait depuis que je l'ai revu ; mais il m'a toujours paru si doux, il m'a dit des choses si tendres, il m'a conté son amour d'un air si poli, si humble, que j'en ai une véritable pitié, et cette pitié-là m'empêche encore d'être la maîtresse de moi.

FLAMINIA. L'aimez-vous ?

SILVIA. Je ne crois pas ; car je dois aimer Arlequin.

FLAMINIA. C'est un homme aimable.

SILVIA. Je le sens bien.

FLAMINIA. Si vous négligiez de vous venger pour l'épouser, je vous le pardonnerais[1], voilà la vérité.

SILVIA. Si Arlequin se mariait à une autre fille que moi, à la bonne heure ; je serais en droit de lui dire : Tu m'as quittée, je te quitte, je prends ma revanche : mais il n'y a rien à faire ; qui est-ce qui voudrait d'Arlequin ici, rude et bourru comme il est ?

FLAMINIA. Il n'y a pas presse, entre nous : pour moi, j'ai toujours eu dessein de passer ma vie aux champs ; Arlequin est grossier, je ne l'aime point, mais je ne le hais pas ; et dans les sentiments où je suis, s'il voulait, je vous en débarrasserais volontiers pour vous faire plaisir.

SILVIA. Mais mon plaisir, où est-il ? il n'est ni là, ni là ; je le cherche.

FLAMINIA. Vous verrez le Prince aujourd'hui. Voici ce cavalier qui vous plaît, tâchez de prendre votre parti. Adieu, nous nous retrouverons tantôt.

Scène 12

SILVIA, LE PRINCE, *qui entre*

SILVIA. Vous venez : vous allez encore me dire que vous m'aimez, pour me mettre davantage en peine.

LE PRINCE. Je venais voir si la dame qui vous a fait insulte s'est bien acquittée de son devoir. Quant à moi, belle Silvia, quand mon amour vous fatiguera, quand je vous déplairai moi-même, vous n'avez qu'à m'ordonner de me taire et de me retirer ; je me tairai, j'irai où vous voudrez, et je souffrirai sans me plaindre, résolu de vous obéir en tout.

SILVIA. Ne voilà-t-il pas ? ne l'ai-je pas bien dit ? Comment voulez-vous que je vous renvoie ? Vous vous tairez, s'il me plaît ; vous vous en irez, s'il me plaît ; vous n'oserez pas vous plaindre, vous m'obéirez en tout. C'est bien là le moyen de faire que je vous commande quelque chose !

LE PRINCE. Mais que puis-je mieux que de vous rendre maîtresse de mon sort ?

SILVIA. Qu'est-ce que cela avance ? Vous rendrai-je malheureux ? en aurai-je le courage ? Si je vous dis : Allez-vous-en, vous croirez que je vous hais ; si je vous dis de vous taire, vous croirez que je ne me soucie pas de vous ; et toutes ces croyances-là ne seront pas vraies ; elles vous affligeront ; en serai-je plus à mon aise après ?

LE PRINCE. Que voulez-vous donc que je devienne, belle Silvia ?

SILVIA. Oh ! ce que je veux ! j'attends qu'on me le dise ; j'en suis encore plus ignorante que vous ; voilà Arlequin

qui m'aime, voilà le Prince qui demande mon cœur, voilà vous qui mériteriez de l'avoir, voilà ces femmes qui m'injurient, et que je voudrais punir, voilà que j'aurai un affront, si je n'épouse pas le Prince : Arlequin
780 m'inquiète, vous me donnez du souci, vous m'aimez trop, je voudrais ne vous avoir jamais connu, et je suis bien malheureuse d'avoir tout ce tracas-là dans la tête.

LE PRINCE. Vos discours me pénètrent, Silvia, vous êtes trop touchée de ma douleur ; ma tendresse, toute grande qu'elle est, ne vaut pas le chagrin que vous avez de ne pouvoir m'aimer.

SILVIA. Je pourrais bien vous aimer, cela ne serait pas difficile, si je voulais.

LE PRINCE. Souffrez donc que je m'afflige, et ne m'empê-
791 chez pas de vous regretter toujours.

SILVIA, *comme impatiente*. Je vous en avertis, je ne saurais supporter de vous voir si tendre ; il semble que vous le fassiez exprès. Y a-t-il de la raison à cela ? Pardi, j'aurai moins de mal à vous aimer tout à fait qu'à être comme je suis ; pour moi, je laisserai tout là ; voilà ce que vous gagnerez.

LE PRINCE. Je ne veux donc plus vous être à charge ; vous souhaitez que je vous quitte et je ne dois pas résister aux
800 volontés d'une personne si chère. Adieu, Silvia.

SILVIA, *vivement*. Adieu, Silvia ! Je vous querellerais volontiers ; où allez-vous ? Restez là, c'est ma volonté ; je la sais mieux que vous, peut-être[1].

LE PRINCE. J'ai cru vous obliger.

SILVIA. Quel train que tout cela ! Que faire d'Arlequin ? Encore si c'était vous qui fût le Prince !

LE PRINCE, *d'un air ému*. Et quand je le serais ?

Paule Noëlle et Michel Bernardy.
(Comédie-Française, 1967.)

ACTE II. *Scène 12*

SILVIA. Cela serait différent, parce que je dirais à Arlequin que vous prétendriez être le maître, ce serait mon excuse : mais il n'y a que pour vous que je voudrais prendre cette excuse-là.

LE PRINCE, *à part*. Qu'elle est aimable ! il est temps de dire qui je suis.

SILVIA. Qu'avez-vous ? est-ce que je vous fâche ? Ce n'est pas à cause de la principauté que je voudrais que vous fussiez prince, c'est seulement à cause de vous tout seul ; et si vous l'étiez, Arlequin ne saurait pas que je vous prendrais par amour ; voilà ma raison. Mais non, après tout, il vaut mieux que vous ne soyez pas le maître ; cela me tenterait trop. Et quand vous le seriez, tenez, je ne pourrais me résoudre à être une infidèle, voilà qui est fini.

LE PRINCE, *à part les premiers mots*. Différons encore de l'instruire. Silvia, conservez-moi seulement les bontés que vous avez pour moi : le Prince vous a fait préparer un spectacle, permettez que je vous y accompagne, et que je profite de toutes les occasions d'être avec vous. Après la fête, vous verrez le Prince, et je suis chargé de vous dire que vous serez libre de vous retirer, si votre cœur ne vous dit rien pour lui.

SILVIA. Oh ! il ne me dira pas un mot, c'est tout comme si j'étais partie ; mais quand je serai chez nous, vous y viendrez ; eh, que sait-on ce qui peut arriver ? peut-être que vous m'aurez. Allons-nous-en toujours, de peur qu'Arlequin ne vienne.

Acte III

Scène 1
LE PRINCE, FLAMINIA

FLAMINIA. Oui, seigneur, vous avez fort bien fait de ne pas vous découvrir tantôt, malgré tout ce que Silvia vous a dit de tendre ; ce retardement ne gâte rien, et lui laisse le temps de se confirmer dans le penchant qu'elle a pour vous. Grâces au Ciel, vous voilà presque arrivé où vous le souhaitiez.

LE PRINCE. Ah! Flaminia, qu'elle est aimable!

FLAMINIA. Elle l'est infiniment.

LE PRINCE. Je ne connais rien comme elle parmi les gens du monde. Quand une maîtresse*, à force d'amour, nous dit clairement : Je vous aime, cela fait assurément un grand plaisir. Eh bien, Flaminia, ce plaisir-là, imaginez-vous qu'il n'est que fadeur, qu'il n'est qu'ennui, en comparaison du plaisir que m'ont donné les discours de Silvia, qui ne m'a pourtant point dit : Je vous aime.

FLAMINIA. Mais, seigneur, oserais-je vous prier de m'en répéter quelque chose ?

LE PRINCE. Cela est impossible : je suis ravi, je suis enchanté, je ne peux pas vous répéter cela autrement.

FLAMINIA. Je présume beaucoup du rapport singulier que vous m'en faites.

ACTE III. *Scène 1*

LE PRINCE. Si vous saviez combien, dit-elle, elle est affligée de ne pouvoir m'aimer, parce que cela me rend malheureux et qu'elle doit être fidèle à Arlequin... J'ai vu le moment où elle allait me dire : Ne m'aimez plus, je vous prie, parce que vous seriez cause que je vous aimerais aussi.

FLAMINIA. Bon, cela vaut mieux qu'un aveu.

LE PRINCE. Non, je le dis encore, il n'y a que l'amour de Silvia qui soit véritablement de l'amour ; les autres femmes qui aiment ont l'esprit cultivé, elles ont une certaine éducation, un certain usage, et tout cela chez elles falsifie la nature ; ici c'est le cœur tout pur qui me parle ; comme ses sentiments viennent, il les montre ; sa naïveté* en fait tout l'art, et sa pudeur toute la décence. Vous m'avouerez que tout cela est charmant. Tout ce qui la retient à présent, c'est qu'elle se fait un scrupule de m'aimer sans l'aveu d'Arlequin. Ainsi, Flaminia, hâtez-vous ; sera-t-il bientôt gagné, Arlequin ? Vous savez que je ne dois ni ne veux le traiter avec violence. Que dit-il ?

FLAMINIA. A vous dire le vrai, seigneur, je le crois tout à fait amoureux de moi, mais il n'en sait rien ; comme il ne m'appelle encore que sa chère amie, il vit sur la bonne foi de ce nom qu'il me donne, et prend toujours de l'amour à bon compte.

LE PRINCE. Fort bien.

FLAMINIA. Oh ! dans la première conversation, je l'instruirai de l'état de ses petites affaires avec moi, et ce penchant qui est *incognito* chez lui, et que je lui ferai sentir par un autre stratagème, la douceur avec laquelle vous lui parlerez, comme nous en sommes convenus, tout cela, je pense, va vous tirer d'inquiétude, et terminer mes travaux dont je sortirai, seigneur, victorieuse et vaincue.

LE PRINCE. Comment donc ?

FLAMINIA. C'est une petite bagatelle* qui ne mérite pas de vous être dite ; c'est que j'ai pris du goût[1] pour Arlequin, seulement pour me désennuyer dans le cours de notre intrigue. Mais retirons-nous, et rejoignez Silvia ; il ne faut pas qu'Arlequin vous voie encore, et je le vois qui vient.

Ils se retirent tous deux.

Scène 2
TRIVELIN,
ARLEQUIN *entre d'un air un peu sombre.*

TRIVELIN, *après quelque temps.* Eh bien, que voulez-vous que je fasse de l'écritoire et du papier que vous m'avez fait prendre ?

ARLEQUIN. Donnez-vous patience, mon domestique.

TRIVELIN. Tant qu'il vous plaira.

ARLEQUIN. Dites-moi, qui est-ce qui me nourrit ici ?

TRIVELIN. C'est le Prince.

ARLEQUIN. Par la sambille* ! la bonne chère que je fais me donne des scrupules.

TRIVELIN. D'où vient donc ?

ARLEQUIN. Mardi*, j'ai peur d'être en pension sans le savoir.

TRIVELIN, *riant.* Ah ! ah ! ah ! ah !

ARLEQUIN. De quoi riez-vous, grand benêt ?

TRIVELIN. Je ris de votre idée, qui est plaisante. Allez, allez, seigneur Arlequin, mangez en toute sûreté de conscience, et buvez de même.

ARLEQUIN. Dame, je prends mes repas dans la bonne foi ; il me serait bien rude de me voir un jour apporter le mémoire de ma dépense ; mais je vous crois. Dites-moi, à présent, comment s'appelle celui qui rend compte au Prince de ses affaires ?

TRIVELIN. Son secrétaire d'État, voulez-vous dire ?

ARLEQUIN. Oui ; j'ai dessein de lui faire un écrit pour le prier d'avertir le Prince que je m'ennuie, et de lui demander quand il veut finir avec nous ; car mon père est tout seul[1].

TRIVELIN. Eh bien ?

ARLEQUIN. Si on veut me garder, il faut lui envoyer une carriole afin qu'il vienne.

TRIVELIN. Vous n'avez qu'à parler, la carriole partira sur-le-champ.

ARLEQUIN. Il faut, après cela, qu'on nous marie Silvia et moi, et qu'on m'ouvre la porte de la maison ; car j'ai accoutumé de trotter partout, et d'avoir la clef des champs, moi. Ensuite nous tiendrons ici ménage avec l'amie Flaminia, qui ne veut pas nous quitter à cause de son affection pour nous ; et si le Prince a toujours bonne envie de nous régaler, ce que je mangerai me profitera davantage.

TRIVELIN. Mais, seigneur Arlequin, il n'est pas besoin de mêler Flaminia là-dedans.

ARLEQUIN. Cela me plaît, à moi.

TRIVELIN, *d'un air mécontent*. Hum !

ARLEQUIN, *le contrefaisant*. Hum ! Le mauvais valet ! Allons vite, tirez votre plume, et griffonnez-moi mon écriture.

TRIVELIN, *se mettant en état*. Dictez.

ARLEQUIN. Monsieur.

TRIVELIN. Halte-là! dites : Monseigneur.

ARLEQUIN. Mettez les deux, afin qu'il choisisse.

TRIVELIN. Fort bien.

ARLEQUIN. Vous saurez que je m'appelle Arlequin.

TRIVELIN. Doucement! Vous devez dire : Votre Grandeur saura.

ARLEQUIN. Votre Grandeur saura. C'est donc un géant, ce secrétaire d'État?

TRIVELIN. Non, mais n'importe.

ARLEQUIN. Quel diantre de galimatias! Qui jamais a entendu dire qu'on s'adresse à la taille d'un homme quand on a affaire à lui?

TRIVELIN, *écrivant*. Je mettrai comme il vous plaira. Vous saurez que je m'appelle Arlequin. Après?

ARLEQUIN. Que j'ai une maîtresse* qui s'appelle Silvia, bourgeoise de mon village* et fille d'honneur...

TRIVELIN, *écrivant*. Courage!

ARLEQUIN. ... avec une bonne amie que j'ai faite depuis peu, qui ne saurait se passer de nous, ni nous d'elle : ainsi, aussitôt la présente reçue...

TRIVELIN, *s'arrêtant comme affligé*. Flaminia ne saurait se passer de vous? Ah! la plume m'en tombe des mains.

ARLEQUIN. Oh! oh! que signifie donc cette impertinente pâmoison-là?

TRIVELIN. Il y a deux ans, seigneur Arlequin, il y a deux ans que je soupire en secret pour elle.

ARLEQUIN, *tirant sa latte*. Cela est fâcheux, mon mignon; mais en attendant qu'elle en soit informée, je vais toujours vous en faire quelques remerciements pour elle.

TRIVELIN. Des remerciements à coups de bâton ! je ne suis pas friand de ces compliments-là. Eh ! que vous importe que je l'aime ? Vous n'avez que de l'amitié pour elle, et l'amitié ne rend point jaloux.

ARLEQUIN. Vous vous trompez, mon amitié fait tout comme l'amour, en voilà des preuves.

Il le bat.

TRIVELIN *s'enfuit en disant.* Oh ! diable soit de l'amitié !

Scène 3

FLAMINIA *arrive,* TRIVELIN *sort.*

FLAMINIA, *à Arlequin.* Qu'est-ce que c'est ? Qu'avez-vous, Arlequin ?

ARLEQUIN. Bonjour, ma mie ; c'est ce faquin qui dit qu'il vous aime depuis deux ans.

FLAMINIA. Cela se peut bien.

ARLEQUIN. Et vous, ma mie, que dites-vous de cela ?

FLAMINIA. Que c'est tant pis pour lui.

ARLEQUIN. Tout de bon ?

FLAMINIA. Sans doute : mais est-ce que vous seriez fâché que l'on m'aimât ?

ARLEQUIN. Hélas ! vous êtes votre maîtresse : mais si vous aviez un amant, vous l'aimeriez peut-être ; cela gâterait la bonne amitié que vous me portez, et vous m'en feriez ma part plus petite. Oh ! de cette part-là, je n'en voudrais rien perdre.

FLAMINIA, *d'un air doux.* Arlequin, savez-vous bien que vous ne ménagez pas mon cœur ?

ARLEQUIN. Moi ! eh, quel mal lui fais-je donc ?

FLAMINIA. Si vous continuez de me parler toujours de même, je ne saurai plus bientôt de quelle espèce seront mes sentiments pour vous : en vérité je n'ose m'examiner là-dessus, j'ai peur de trouver plus que je ne veux.

ARLEQUIN. C'est bien fait, n'examinez jamais, Flaminia, cela sera ce que cela pourra ; au reste, croyez-moi, ne prenez point d'amant* : j'ai une maîtresse*, je la garde ; si je n'en avais point, je n'en chercherais pas. Qu'en ferais-je avec vous ? elle m'ennuierait.

FLAMINIA. Elle vous ennuierait ! Le moyen, après tout ce que vous dites, de rester votre amie ?

ARLEQUIN. Eh ! que serez-vous donc ?

FLAMINIA. Ne me le demandez pas, je n'en veux rien savoir ; ce qui est de sûr, c'est que dans le monde je n'aime rien plus que vous. Vous n'en pouvez pas dire autant ; Silvia va devant moi, comme de raison.

ARLEQUIN. Chut : vous allez de compagnie ensemble.

FLAMINIA. Je vais vous l'envoyer si je la trouve, Silvia ; en serez-vous bien aise ?

ARLEQUIN. Comme vous voudrez : mais il ne faut pas l'envoyer, il faut venir toutes deux.

FLAMINIA. Je ne pourrai pas ; car le Prince m'a mandée, et je vais voir ce qu'il me veut. Adieu, Arlequin, je serai bientôt de retour.

En sortant, elle sourit à celui qui entre.

Scène 4

ARLEQUIN, LE SEIGNEUR
du deuxième acte entre avec des lettres de noblesse.

ARLEQUIN, *le voyant*. Voilà mon homme de tantôt* ; ma foi, Monsieur le médisant, car je ne sais point votre autre nom, je n'ai rien dit de vous au Prince, par la raison que je ne l'ai point vu.

LE SEIGNEUR. Je vous suis obligé de votre bonne volonté, seigneur Arleqùin : mais je suis sorti d'embarras et rentré dans les bonnes grâces du Prince, sur l'assurance que je lui ai donnée que vous lui parleriez pour moi : j'espère qu'à votre tour vous me tiendrez parole.

ARLEQUIN. Oh ! quoique je paraisse un innocent*, je suis homme d'honneur.

LE SEIGNEUR. De grâce, ne vous ressouvenez plus de rien, et réconciliez-vous avec moi, en faveur du présent que je vous apporte de la part du Prince ; c'est de tous les présents le plus grand qu'on puisse vous faire.

ARLEQUIN. Est-ce Silvia que vous m'apportez ?

LE SEIGNEUR. Non, le présent dont il s'agit est dans ma poche ; ce sont des lettres de noblesse dont le Prince vous gratifie comme parent de Silvia, car on dit que vous l'êtes un peu.

ARLEQUIN. Pas un brin, remportez cela, car si je le prenais, ce serait friponner la gratification.

LE SEIGNEUR. Acceptez toujours, qu'importe ? Vous ferez plaisir au Prince ; refuseriez-vous ce qui fait l'ambition de tous les gens de cœur ?

ARLEQUIN. J'ai pourtant bon cœur aussi ; pour de l'ambition, j'en ai bien entendu parler, mais je ne l'ai jamais vue, et j'en ai peut-être sans le savoir.

LE SEIGNEUR. Si vous n'en avez pas, cela vous en donnera.

ARLEQUIN. Qu'est-ce que c'est donc ?

LE SEIGNEUR, *à part les premiers mots*. En voilà bien d'un autre ! L'ambition, c'est un noble orgueil de s'élever.

ARLEQUIN. Un orgueil qui est noble ! donnez-vous comme cela de jolis noms à toutes les sottises, vous autres ?

LE SEIGNEUR. Vous ne comprenez pas ; cet orgueil ne signifie là qu'un désir de gloire.

ARLEQUIN. Par ma foi, sa signification ne vaut pas mieux que lui, c'est bonnet blanc, et blanc bonnet.

LE SEIGNEUR. Prenez, vous dis-je : ne serez-vous pas bien aise d'être gentilhomme ?

ARLEQUIN. Eh ! je n'en serais ni bien aise ni fâché ; c'est suivant la fantaisie* qu'on a.

LE SEIGNEUR. Vous y trouverez de l'avantage, vous en serez plus respecté et plus craint de vos voisins.

ARLEQUIN. J'ai opinion que cela les empêcherait de m'aimer de bon cœur ; car quand je respecte les gens, moi, et que je les crains, je ne les aime pas de si bon courage[1] ; je ne saurais faire tant de choses à la fois.

LE SEIGNEUR. Vous m'étonnez.

ARLEQUIN. Voilà comme je suis bâti ; d'ailleurs voyez-vous, je suis le meilleur enfant du monde, je ne fais de mal à personne : mais quand je voudrais nuire, je n'en ai pas le pouvoir. Eh bien, si j'avais ce pouvoir, si j'étais noble, diable emporte si je voudrais gager d'être toujours brave homme : je ferais parfois comme le gentilhomme de chez nous, qui n'épargne pas les coups de bâton à cause qu'on n'oserait lui rendre.

ACTE III. *Scène 4*

LE SEIGNEUR. Et si on vous donnait ces coups de bâton, ne souhaiteriez-vous pas être en état de les rendre ?

ARLEQUIN. Pour cela, je voudrais payer cette dette-là sur-le-champ.

LE SEIGNEUR. Oh ! comme les hommes sont quelquefois méchants, mettez-vous en état de faire du mal, seulement afin qu'on n'ose pas vous en faire, et pour cet effet prenez vos lettres de noblesse.

ARLEQUIN *prend les lettres.* Têtubleu*, vous avez raison, je ne suis qu'une bête : allons, me voilà noble, je garde le parchemin, je ne crains plus que les rats, qui pourraient bien gruger[1] ma noblesse ; mais j'y mettrai bon ordre. Je vous remercie, et le Prince aussi ; car il est bien obligeant dans le fond.

LE SEIGNEUR. Je suis charmé de vous voir content ; adieu.

ARLEQUIN. Je suis votre serviteur. *(Quand le Seigneur a fait dix ou douze pas, Arlequin le rappelle.)* Monsieur ! Monsieur !

LE SEIGNEUR. Que me voulez-vous ?

ARLEQUIN. Ma noblesse m'oblige-t-elle à rien ? car il faut faire son devoir dans une charge.

LE SEIGNEUR. Elle oblige à être honnête homme*.

ARLEQUIN, *très sérieusement.* Vous aviez donc des exemptions, vous, quand vous avez dit du mal de moi ?

LE SEIGNEUR. N'y songez plus, un gentilhomme doit être généreux.

ARLEQUIN. Généreux et honnête homme ! Vertuchoux*, ces devoirs-là sont bons ! je les trouve encore plus nobles que mes lettres de noblesse. Et quand on ne s'en acquitte pas, est-on encore gentilhomme ?

LE SEIGNEUR. Nullement.

ARLEQUIN. Diantre ! il y a donc bien des nobles qui paient la taille[1] ?

LE SEIGNEUR. Je n'en sais pas le nombre.

ARLEQUIN. Est-ce là tout ? N'y a-t-il plus d'autre devoir ?

LE SEIGNEUR. Non ; cependant, vous qui, suivant toute apparence, serez favori du Prince, vous aurez un devoir de plus : ce sera de mériter cette faveur par toute la soumission, tout le respect et toute la complaisance possibles. A l'égard du reste, comme je vous ai dit, ayez de la vertu, aimez l'honneur plus que la vie, et vous serez dans l'ordre.

ARLEQUIN. Tout doucement : ces dernières obligations-là ne me plaisent pas tant que les autres. Premièrement, il est bon d'expliquer ce que c'est que cet honneur qu'on doit aimer plus que la vie. Malapeste, quel honneur !

LE SEIGNEUR. Vous approuverez ce que cela veut dire ; c'est qu'il faut se venger d'une injure, ou périr plutôt que de la souffrir.

ARLEQUIN. Tout ce que vous m'avez dit n'est donc qu'un coq-à-l'âne ; car si je suis obligé d'être généreux, il faut que je pardonne aux gens ; si je suis obligé d'être méchant, il faut que je les assomme. Comment donc faire pour tuer le monde et le laisser vivre ?

LE SEIGNEUR. Vous serez généreux et bon, quand on ne vous insultera pas.

ARLEQUIN. Je vous entends, il m'est défendu d'être meilleur que les autres ; et si je rends le bien pour le mal, je serai donc un homme sans honneur ? Par la mardi* ! la méchanceté n'est pas rare ; ce n'était pas la peine de la recommander tant. Voilà une vilaine invention ! Tenez, accommodons-nous plutôt ; quand on me dira une grosse injure, j'en répondrai une autre si je suis le plus fort. Voulez-vous me laisser votre marchandise à ce prix-là ? dites-moi votre dernier mot.

LE SEIGNEUR. Une injure répondue à une injure ne suffit point ; cela ne peut se laver, s'effacer que par le sang de votre ennemi ou le vôtre.

ARLEQUIN. Que la tache y reste ; vous parlez du sang comme si c'était de l'eau de la rivière. Je vous rends votre paquet de noblesse, mon honneur n'est pas fait pour être noble, il est trop raisonnable pour cela. Bonjour.

LE SEIGNEUR. Vous n'y songez pas.

ARLEQUIN. Sans compliments, reprenez votre affaire.

LE SEIGNEUR. Gardez-la toujours, vous vous ajusterez avec le Prince, on n'y regardera pas de si près avec vous.

ARLEQUIN, *les reprenant.* Il faudra donc qu'il me signe un contrat comme quoi je serai exempt de me faire tuer par mon prochain, pour le faire repentir de son impertinence avec moi.

LE SEIGNEUR. A la bonne heure, vous ferez vos conventions. Adieu, je suis votre serviteur.

ARLEQUIN. Et moi le vôtre.

Scène 5

LE PRINCE *arrive,* ARLEQUIN

ARLEQUIN, *le voyant.* Qui diantre vient encore me rendre visite ? Ah ! c'est celui-là qui est cause qu'on m'a pris Silvia ! Vous voilà donc, Monsieur le babillard, qui allez dire partout que la maîtresse* des gens est belle ; ce qui fait qu'on m'a escamoté la mienne[1].

LE PRINCE. Point d'injure, Arlequin.

ARLEQUIN. Êtes-vous gentilhomme, vous ?

LE PRINCE. Assurément.

ARLEQUIN. Mardi*, vous êtes bien heureux ; sans cela je vous dirais de bon cœur ce que vous méritez : mais votre honneur voudrait peut-être faire son devoir, et après cela, il faudrait vous tuer pour vous venger de moi.

LE PRINCE. Calmez-vous, je vous prie, Arlequin, le Prince m'a donné ordre de vous entretenir.

ARLEQUIN. Parlez, il vous est libre : mais je n'ai pas ordre de vous écouter, moi.

LE PRINCE. Eh bien, prends un esprit plus doux, connais-moi, puisqu'il le faut. C'est ton prince lui-même qui te parle, et non pas un officier du palais, comme tu l'as cru jusqu'ici aussi bien que Silvia.

ARLEQUIN. Votre foi ?

LE PRINCE. Tu dois m'en croire.

ARLEQUIN, *humblement*. Excusez, Monseigneur, c'est donc moi qui suis un sot d'avoir été un impertinent avec vous ?

LE PRINCE. Je te pardonne volontiers.

ARLEQUIN, *tristement*. Puisque vous n'avez pas de rancune contre moi, ne permettez pas que j'en aie contre vous ; je ne suis pas digne d'être fâché contre un prince, je suis trop petit pour cela : si vous m'affligez, je pleurerai de toute ma force, et puis c'est tout ; cela doit faire compassion à votre puissance, vous ne voudriez pas avoir une principauté pour le contentement de vous tout seul.

LE PRINCE. Tu te plains donc bien de moi, Arlequin ?

ACTE III. *Scène 5*

ARLEQUIN. Que voulez-vous, Monseigneur, j'ai une fille qui m'aime ; vous, vous en avez plein votre maison, et nonobstant vous m'ôtez la mienne. Prenez* que je suis pauvre, et que tout mon bien est un liard ; vous qui êtes riche de plus de mille écus, vous vous jetez sur ma pauvreté et vous m'arrachez mon liard ; cela n'est-il pas bien triste ?

LE PRINCE, *à part*. Il a raison, et ses plaintes me touchent.

ARLEQUIN. Je sais bien que vous êtes un bon prince, tout le monde le dit dans le pays, il n'y aura que moi qui n'aurai pas le plaisir de le dire comme les autres.

LE PRINCE. Je te prive de Silvia, il est vrai : mais demande-moi ce que tu voudras, je t'offre tous les biens que tu pourras souhaiter, et laisse-moi cette seule personne que j'aime.

ARLEQUIN. Ne parlons point de ce marché-là, vous gagneriez trop sur moi ; disons en conscience : si un autre que vous me l'avait prise, est-ce que vous ne me la feriez pas remettre ? Eh bien, personne ne me l'a prise que vous ; voyez la belle occasion de montrer que la justice est pour tout le monde.

LE PRINCE, *à part*. Que lui répondre ?

ARLEQUIN. Allons, Monseigneur, dites-vous comme cela : Faut-il que je retienne le bonheur de ce petit homme* parce que j'ai le pouvoir de le garder ? N'est-ce pas à moi à être son protecteur, puisque je suis son maître ? S'en ira-t-il sans avoir justice ? n'en aurais-je pas du regret ? Qu'est-ce qui fera mon office de prince, si je ne le fais pas ? J'ordonne donc que je lui rendrai Silvia.

LE PRINCE. Ne changeras-tu jamais de langage ? Regarde comme j'en agis avec toi. Je pourrais te renvoyer, et garder Silvia sans t'écouter ; cependant, malgré l'inclina-

tion que j'ai pour elle, malgré ton obstination et le peu
de respect que tu me montres, je m'intéresse à ta douleur, je cherche à la calmer par mes faveurs, je descends
jusqu'à te prier de me céder Silvia de bonne volonté ;
tout le monde t'y exhorte, tout le monde te blâme, et te
donne un exemple de l'ardeur qu'on a de me plaire, tu
es le seul qui résiste ; tu dis que je suis ton prince :
marque-le-moi donc par un peu de docilité.

ARLEQUIN, *toujours triste.* Eh! Monseigneur, ne vous fiez
pas à ces gens qui vous disent que vous avez raison avec
moi, car ils vous trompent. Vous prenez cela pour
argent comptant ; et puis vous avez beau être bon, vous
avez beau être brave homme, c'est autant de perdu, cela
ne vous fait point de profit ; sans ces gens-là, vous ne
me chercheriez point chicane, vous ne diriez pas que je
vous manque de respect parce que je vous représente
mon bon droit : allez, vous êtes mon prince, et je vous
aime bien ; mais je suis votre sujet, et cela mérite quelque chose.

LE PRINCE. Va, tu me désespères.

ARLEQUIN. Que je suis à plaindre !

LE PRINCE. Faudra-t-il donc que je renonce à Silvia ? Le
moyen d'en être jamais aimé, si tu ne veux pas m'aider ?
Arlequin, je t'ai causé du chagrin, mais celui que tu me
laisses est plus cruel que le tien.

ARLEQUIN. Prenez quelque consolation, Monseigneur,
promenez-vous, voyagez quelque part, votre douleur se
passera dans les chemins.

LE PRINCE. Non, mon enfant, j'espérais quelque chose de
ton cœur pour moi, je t'aurais eu plus d'obligation que
je n'en aurai jamais à personne : mais tu me fais tout le
mal qu'on peut me faire ; va, n'importe, mes bienfaits
t'étaient réservés, et ta dureté n'empêchera pas que tu
n'en jouisses.

ARLEQUIN. Ahi! qu'on a de mal dans la vie!

LE PRINCE. Il est vrai que j'ai tort à ton égard; je me reproche l'action que j'ai faite, c'est une injustice : mais tu n'en es que trop vengé.

ARLEQUIN. Il faut que je m'en aille, vous êtes trop fâché d'avoir tort, j'aurais peur de vous donner raison[1].

LE PRINCE. Non, il est juste que tu sois content; tu souhaites que je te rende justice; sois heureux aux dépens de tout mon repos.

ARLEQUIN Vous avez tant de charité pour moi, n'en aurais-je donc pas pour vous?

LE PRINCE, *triste*. Ne t'embarrasse pas de moi.

ARLEQUIN. Que j'ai de souci! le voilà désolé.

LE PRINCE, *en caressant* Arlequin*. Je te sais bon gré de la sensibilité où je te vois. Adieu, Arlequin, je t'estime malgré tes refus.

ARLEQUIN *laisse faire un ou deux pas au Prince*. Monseigneur!

LE PRINCE. Que me veux-tu? me demandes-tu quelque grâce?

ARLEQUIN. Non, je ne suis qu'en peine de savoir si je vous accorderai celle que vous voulez.

LE PRINCE. Il faut avouer que tu as le cœur excellent!

ARLEQUIN. Et vous aussi, voilà ce qui m'ôte le courage : hélas! que les bonnes gens sont faibles!

LE PRINCE. J'admire tes sentiments.

ARLEQUIN. Je le crois bien; je ne vous promets pourtant rien, il y a trop d'embarras dans ma volonté : mais à tout hasard, si je vous donnais Silvia, avez-vous dessein que je sois votre favori?

LE PRINCE. Et qui le serait donc?

ARLEQUIN. C'est qu'on m'a dit que vous aviez coutume
d'être flatté ; moi, j'ai coutume de dire vrai, et une
bonne coutume comme celle-là ne s'accorde pas avec
une mauvaise ; jamais votre amitié ne sera assez forte
pour endurer la mienne.

LE PRINCE. Nous nous brouillerons ensemble si tu ne me
réponds toujours ce que tu penses. Il ne me reste qu'une
chose à te dire, Arlequin : souviens-toi que je t'aime ;
c'est tout ce que je te recommande.

ARLEQUIN. Flaminia sera-t-elle sa maîtresse[1] ?

LE PRINCE. Ah ! ne me parle point de Flaminia ; tu n'étais
pas capable de me donner tant de chagrin sans elle.

Il s'en va.

ARLEQUIN. Point du tout ; c'est la meilleure fille du
monde ; vous ne devez point lui vouloir de mal.

Scène 6
ARLEQUIN, *seul*

ARLEQUIN. Apparemment que mon coquin de valet aura
médit de ma bonne amie ; par la mardi*, il faut que
j'aille voir où elle est. Mais moi, que ferai-je à cette
heure ? Est-ce que je quitterai Silvia ? cela se pourra-
t-il ? y aura-t-il moyen ? ma foi non, non assurément.
J'ai un peu fait le nigaud avec le Prince, parce que je
suis tendre à la peine d'autrui ; mais le Prince est tendre
aussi, et il ne dira mot.

Scène 7

FLAMINIA *arrive d'un air triste,*
ARLEQUIN

ARLEQUIN. Bonjour, Flaminia, j'allais vous chercher.

FLAMINIA, *en soupirant.* Adieu, Arlequin.

ARLEQUIN. Qu'est-ce que cela veut dire, adieu ?

FLAMINIA. Trivelin nous a trahis ; le Prince a su l'intelligence qui est entre nous ; il vient de m'ordonner de sortir d'ici, et m'a défendu de vous voir jamais. Malgré cela, je n'ai pu m'empêcher de venir vous parler encore une fois ; ensuite j'irai où je pourrai pour éviter sa colère.

ARLEQUIN, *étonné et déconcerté.* Ah! me voilà un joli garçon à présent !

FLAMINIA. Je suis au désespoir, moi ! me voir séparée pour jamais d'avec vous, de tout ce que j'avais de plus cher au monde ! Le temps me presse, je suis forcée de vous quitter : mais avant que de partir, il faut que je vous ouvre mon cœur.

ARLEQUIN, *en reprenant son haleine.* Ahi ! Qu'est-ce, ma mie ? qu'a-t-il, ce cher cœur ?

FLAMINIA. Ce n'est point de l'amitié que j'avais pour vous, Arlequin, je m'étais trompée.

ARLEQUIN, *d'un ton essoufflé.* C'est donc de l'amour ?

FLAMINIA. Et du plus tendre. Adieu.

ARLEQUIN, *la retenant.* Attendez... Je me suis peut-être trompé, moi aussi, sur mon compte.

FLAMINIA. Comment, vous vous seriez mépris ? vous

m'aimeriez, et nous ne nous verrons plus ? Arlequin, ne m'en dites pas davantage, je m'enfuis.

Elle fait un ou deux pas.

ARLEQUIN. Restez.

FLAMINIA. Laissez-moi aller, que ferons-nous ?

ARLEQUIN. Parlons raison.

FLAMINIA. Que vous dirai-je ?

ARLEQUIN. C'est que mon amitié est aussi loin que la vôtre ; elle est partie : voilà que je vous aime, cela est décidé, et je n'y comprends rien. Ouf !

FLAMINIA. Quelle aventure !

ARLEQUIN. Je ne suis point marié, par bonheur.

FLAMINIA. Il est vrai.

ARLEQUIN. Silvia se mariera avec le Prince, et il sera content.

FLAMINIA. Je n'en doute point.

ARLEQUIN. Ensuite, puisque notre cœur s'est mécompté et que nous nous aimons par mégarde, nous prendrons patience et nous nous accommoderons à l'avenant.

FLAMINIA, *d'un ton doux*. J'entends bien, vous voulez dire que nous nous marierons ensemble.

ARLEQUIN. Vraiment oui ; est-ce ma faute, à moi ? Pourquoi ne m'avertissiez-vous pas que vous m'attraperiez et que vous seriez ma maîtresse ?

FLAMINIA. M'avez-vous avertie que vous deviendriez mon amant* ?

ARLEQUIN. Morbleu ! le devinais-je ?

FLAMINIA. Vous étiez assez aimable pour le deviner.

ARLEQUIN. Ne nous reprochons rien ; s'il ne tient qu'à être aimable, vous avez plus de tort que moi.

ACTE III. Scène 8

FLAMINIA. Épousez-moi, j'y consens : mais il n'y a point de temps à perdre, et je crains qu'on ne vienne m'ordonner de sortir.

ARLEQUIN, *en soupirant.* Ah! je pars pour parler au
551 Prince; ne dites pas à Silvia que je vous aime, elle croirait que je suis dans mon tort, et vous savez que je suis innocent; je ne ferai semblant de rien avec elle, je lui dirai que c'est pour sa fortune que je la laisse là.

FLAMINIA. Fort bien; j'allais vous le conseiller.

ARLEQUIN. Attendez, et donnez-moi votre main que je la baise... *(Après avoir baisé sa main.)* Qui est-ce qui aurait cru que j'y prendrais tant de plaisir? Cela me confond.

Scène 8
FLAMINIA, SILVIA

FLAMINIA. En vérité, le Prince a raison; ces petites per-
561 sonnes-là font l'amour* d'une manière à ne pouvoir y résister. Voici l'autre. A quoi rêvez-vous, belle Silvia?

SILVIA. Je rêve* à moi, et je n'y entends rien.

FLAMINIA. Que trouvez-vous donc en vous de si incompréhensible?

SILVIA. Je voulais me venger de ces femmes, vous savez bien, cela s'est passé.

FLAMINIA. Vous n'êtes guère vindicative.

SILVIA. J'aimais Arlequin, n'est-ce pas?

FLAMINIA. Il me le semblait.

SILVIA. Eh bien, je crois que je ne l'aime plus.

FLAMINIA. Ce n'est pas un si grand malheur.

SILVIA. Quand ce serait un malheur, qu'y ferais-je ? Lorsque je l'ai aimé, c'était un amour qui m'était venu ; à cette heure que je ne l'aime plus, c'est un amour qui s'en est allé ; il est venu sans mon avis, il s'en retourne de même, je ne crois pas être blâmable.

FLAMINIA, *les premiers mots à part*. Rions un moment. Je le pense à peu près de même.

SILVIA, *vivement*. Qu'appelez-vous à peu près ? Il faut le penser tout à fait comme moi, parce que cela est : voilà de mes gens qui disent tantôt oui, tantôt non.

FLAMINIA. Sur quoi vous emportez-vous donc ?

SILVIA. Je m'emporte à propos ; je vous consulte bonnement*, et vous allez me répondre des à peu près qui me chicanent.

FLAMINIA. Ne voyez-vous pas bien que je badine, et que vous n'êtes que louable ? Mais n'est-ce pas cet officier que vous aimez ?

SILVIA. Et qui donc ? Pourtant je n'y consens pas encore, à l'aimer : mais à la fin il faudra bien y venir ; car dire toujours non à un homme qui demande toujours oui, le voir triste, toujours se lamentant, toujours le consoler de la peine qu'on lui fait, dame, cela lasse ; il vaut mieux ne lui en plus faire.

FLAMINIA. Oh ! vous allez le charmer* ; il mourra de joie.

SILVIA. Il mourrait de tristesse, et c'est encore pis.

FLAMINIA. Il n'y a pas de comparaison.

SILVIA. Je l'attends ; nous avons été plus de deux heures ensemble, et il va revenir pour être avec moi quand le Prince me parlera. Cependant j'ai peur qu'Arlequin ne s'afflige trop, qu'en dites-vous ? Mais ne me rendez pas scrupuleuse.

FLAMINIA. Ne vous inquiétez pas, on trouvera aisément moyen de l'apaiser.

SILVIA, *avec un petit air d'inquiétude.* De l'apaiser! Diantre, il est donc bien facile de m'oublier, à ce compte? Est-ce qu'il a fait quelque maîtresse* ici?

FLAMINIA. Lui, vous oublier! J'aurais donc perdu l'esprit 611 si je vous le disais; vous serez trop heureuse s'il ne se désespère pas.

SILVIA. Vous avez bien affaire de me dire cela; vous êtes cause que je redeviens incertaine, avec votre désespoir.

FLAMINIA. Et s'il ne vous aime plus, que direz-vous?

SILVIA. S'il ne m'aime plus, vous n'avez qu'à garder votre nouvelle.

FLAMINIA. Eh bien, il vous aime encore, et vous en êtes 620 fâchée; que vous faut-il donc?

SILVIA. Hom! vous qui riez, je voudrais bien vous voir à ma place.

FLAMINIA. Votre amant* vous cherche; croyez-moi, finissez avec lui sans vous inquiéter du reste[1].

Scène 9

SILVIA, LE PRINCE

LE PRINCE. Eh quoi! Silvia, vous ne me regardez pas? Vous devenez triste toutes les fois que je vous aborde; j'ai toujours le chagrin de penser que je vous suis importun.

SILVIA. Bon, importun! je parlais de lui tout à l'heure.

LE PRINCE. Vous parliez de moi ? et qu'en disiez-vous,
631 belle Silvia ?

SILVIA. Oh ! je disais bien des choses ; je disais que vous ne saviez pas encore ce que je pensais.

LE PRINCE. Je sais que vous êtes résolue à me refuser votre cœur, et c'est là savoir ce que vous pensez.

SILVIA. Hom, vous n'êtes pas si savant que vous le croyez, ne vous vantez pas tant. Mais, dites-moi, vous êtes un honnête homme*, et je suis sûre que vous me direz la vérité : vous savez comme je suis avec Arlequin ; à pré-
640 sent, prenez que j'ai envie de vous aimer : si je contentais mon envie, ferais-je bien ? ferais-je mal ? Là, conseillez-moi dans la bonne foi.

LE PRINCE. Comme on n'est pas le maître de son cœur, si vous aviez envie de m'aimer, vous seriez en droit de vous satisfaire ; voilà mon sentiment.

SILVIA. Me parlez-vous en ami ?

LE PRINCE. Oui, Silvia, en homme sincère.

SILVIA. C'est mon avis aussi ; j'ai décidé de même, et je crois que nous avons raison tous deux ; ainsi je vous
650 aimerai, s'il me plaît, sans qu'il y ait le petit mot à dire.

LE PRINCE. Je n'y gagne rien, car il ne vous plaît point.

SILVIA. Ne vous mêlez point de deviner, car je n'ai point de foi à vous. Mais enfin ce prince, puisqu'il faut que je le voie, quand viendra-t-il ? S'il veut, je l'en quitte[1].

LE PRINCE. Il ne viendra que trop tôt pour moi ; lorsque vous le connaîtrez, vous ne voudrez peut-être plus de moi.

SILVIA. Courage, vous voilà dans la crainte à cette heure ;
660 je crois qu'il a juré de n'avoir jamais un moment de bon temps.

LE PRINCE. Je vous avoue que j'ai peur.

SILVIA. Quel homme ! il faut bien que je lui remette l'esprit. Ne tremblez plus, je n'aimerai jamais le Prince, je vous en fais un serment par...

LE PRINCE. Arrêtez, Silvia, n'achevez pas votre serment, je vous en conjure.

SILVIA. Vous m'empêchez de jurer : cela est joli ! j'en suis bien aise.

LE PRINCE. Voulez-vous que je vous laisse jurer contre moi ?

SILVIA. Contre vous ! est-ce que vous êtes le Prince ?

LE PRINCE. Oui, Silvia ; je vous ai jusqu'ici caché mon rang, pour essayer de ne devoir votre tendresse qu'à la mienne : je ne voulais rien perdre du plaisir qu'elle pouvait me faire. A présent que vous me connaissez, vous êtes libre d'accepter ma main et mon cœur, ou de refuser l'un et l'autre. Parlez, Silvia.

SILVIA. Ah, mon cher Prince ! j'allais faire un beau serment ; si vous avez cherché le plaisir d'être aimé de moi, vous avez bien trouvé ce que vous cherchiez ; vous savez que je dis la vérité, voilà ce qui m'en plaît.

LE PRINCE. Notre union est donc assurée.

Scène 10 et dernière

ARLEQUIN, FLAMINIA, SILVIA, LE PRINCE

ARLEQUIN. J'ai tout entendu, Silvia.

SILVIA. Eh bien, Arlequin, je n'aurai donc pas la peine de vous le dire ; consolez-vous comme vous pourrez de vous-même ; le Prince vous parlera, j'ai le cœur tout

Yves Gasc, Claire Duhamel, Jacques Berthier.
(Alliance française, 1961.)

ACTE III. *Scène 10*

entrepris[1] : voyez, accommodez-vous, il n'y a plus de raison à moi, c'est la vérité. Qu'est-ce que vous me diriez ? que je vous quitte. Qu'est-ce que je vous répondrais ? que je le sais bien. Prenez* que vous l'avez dit, prenez que j'ai répondu, laissez-moi après, et voilà qui sera fini.

LE PRINCE. Flaminia, c'est à vous que je remets Arlequin ; je l'estime et je vais le combler de biens. Toi, Arlequin, accepte de ma main Flaminia pour épouse, et sois pour jamais assuré de la bienveillance de ton prince. Belle Silvia, souffrez que des fêtes qui vous sont préparées annoncent ma joie à des sujets dont vous allez être la souveraine.

ARLEQUIN. A présent, je me moque du tour que notre amitié nous a joué ; patience, tantôt* nous lui en jouerons d'un autre[2].

Arlequin
poli par l'amour

Arlequin poli par l'amour

Comédie. 1720

Acteurs[1]

LA FÉE.
TRIVELIN, *domestique de la Fée.*
ARLEQUIN, *jeune homme enlevé par la Fée.*
SILVIA, *bergère, amante d'Arlequin.*
UN BERGER, *amoureux* de Silvia.*
AUTRE BERGÈRE, *cousine de Silvia.*
TROUPE DE DANSEURS ET CHANTEURS.
TROUPE DE LUTINS.

Scène 1

LA FÉE, TRIVELIN

Le jardin de la Fée est représenté.

TRIVELIN, *à la Fée qui soupire*. Vous soupirez, Madame, et malheureusement pour vous, vous risquez de soupirer longtemps si votre raison n'y met ordre ; me permettez-vous de vous dire ici mon petit[1] sentiment ?

LA FÉE. Parle.

TRIVELIN. Le jeune homme que vous avez enlevé à ses parents est un beau brun, bien fait ; c'est la figure la plus charmante du monde ; il dormait dans un bois quand vous le vîtes, et c'était assurément voir l'Amour endormi ; je ne suis donc point surpris du penchant subit qui vous a pris pour lui.

LA FÉE. Est-il rien de plus naturel que d'aimer ce qui est aimable ?

TRIVELIN. Oh sans doute ; cependant avant cette aventure, vous aimiez assez le grand enchanteur Merlin[2].

LA FÉE. Eh bien, l'un me fait oublier l'autre : cela est encore fort naturel[3].

TRIVELIN. C'est la pure nature ; mais il reste une petite observation à faire : c'est que vous enlevez le jeune homme endormi, quand peu de jours après vous allez épouser le même Merlin qui en a votre parole. Oh ! cela devient sérieux ; et entre nous, c'est prendre la nature un peu trop à la lettre ; cependant, passe encore ; le pis qu'il en pouvait arriver, c'était d'être infidèle ; cela serait très vilain dans un homme, mais dans une femme, cela est plus supportable : quand une femme est fidèle, on l'admire ; mais il y a des femmes modestes* qui n'ont pas la vanité de vouloir être admirées ; vous êtes de celles-là, moins de gloire, et plus de plaisir, à la bonne heure.

LA FÉE. De la gloire à la place où je suis, je serais une grande dupe de me gêner pour si peu de chose.

TRIVELIN. C'est bien dit, poursuivons : vous portez le jeune homme endormi dans votre palais, et vous voilà à guetter le moment de son réveil ; vous êtes en habit de conquête, et dans un attirail[1] digne du mépris généreux que vous avez pour la gloire, vous vous attendiez de la part du beau garçon à la surprise la plus amoureuse ; il s'éveille, et vous salue du regard le plus imbécile* que jamais nigaud ait porté : vous vous approchez, il bâille deux ou trois fois de toutes ses forces, s'allonge, se retourne et se rendort : voilà l'histoire curieuse d'un réveil qui promettait une scène si intéressante. Vous sortez en soupirant de dépit, et peut-être chassée par un ronflement de basse-taille, aussi nourri qu'il en soit ; une heure se passe, il se réveille encore, et ne voyant personne auprès de lui, il crie : Eh ! A ce cri galant, vous rentrez ; l'Amour se frottait les yeux : Que voulez-vous, beau jeune homme ? lui dites-vous. Je veux goûter*, moi, répond-il. Mais n'êtes-vous point surpris de me voir ? ajoutez-vous. Eh ! mais oui, repart-il. Depuis quinze jours qu'il est ici, sa conversation a toujours été de la même force ; cependant vous l'aimez, et qui pis est, vous laissez penser à Merlin qu'il va vous épouser, et votre dessein, m'avez-vous dit, est, s'il est possible, d'épouser le jeune homme ; franchement, si vous les prenez tous deux, suivant toutes les règles, le second mari doit gâter le premier[1].

LA FÉE. Je vais te répondre en deux mots : la figure du jeune homme en question m'enchante ; j'ignorais qu'il eût si peu d'esprit* quand je l'ai enlevé. Pour moi, sa bêtise ne me rebute point : j'aime, avec les grâces qu'il a déjà, celles que lui prêtera l'esprit quand il en aura. Quelle volupté de voir un homme aussi charmant me dire à mes pieds : Je vous aime ! Il est déjà le plus beau brun du monde : mais sa bouche, ses yeux, tous ses traits seront adorables, quand un peu d'amour les aura retouchés ; mes soins réussiront peut-être à lui en inspirer. Souvent il me regarde ; et tous les jours je touche au moment où il peut me sentir et se sentir lui-même[2] : si cela lui arrive, sur-le-champ j'en fais mon mari ; cette qualité le mettra alors à l'abri des fureurs de Merlin ; mais avant cela, je n'ose mécontenter cet enchanteur, aussi puissant que moi, et avec qui je différerai le plus longtemps que le pourrai.

TRIVELIN. Mais si le jeune homme n'est jamais, ni plus amoureux, ni plus spirituel, si l'éducation que vous tâchez de lui donner ne réussit pas, vous épouserez donc Merlin ?

LA FÉE. Non ; car en l'épousant même je ne pourrais me déterminer à perdre de vue l'autre : et si jamais il venait à m'aimer, toute mariée que je serais, je veux bien te l'avouer, je ne me fierais pas à moi.

TRIVELIN. Oh je m'en serais bien douté, sans que vous me l'eussiez dit : Femme tentée, et femme vaincue, c'est tout un. Mais je vois notre bel imbécile* qui vient avec son maître à danser.

Scène 2

ARLEQUIN *entre, la tête dans l'estomac*[1], *ou de la façon niaise dont il voudra*, SON MAÎTRE A DANSER, LA FÉE, TRIVELIN

LA FÉE. Eh bien, aimable enfant, vous me paraissez triste : y a-t-il quelque chose ici qui vous déplaise ?

ARLEQUIN. Moi, je n'en sais rien.

Trivelin rit.

LA FÉE, *à Trivelin*. Oh ! je vous prie, ne riez pas, cela me fait injure, je l'aime, cela vous suffit pour le respecter. *(Pendant ce temps, Arlequin prend des mouches, la Fée continuant à parler à Arlequin.)* Voulez-vous bien prendre votre leçon, mon cher enfant ?

ARLEQUIN, *comme n'ayant pas entendu*. Hem.

LA FÉE. Voulez-vous prendre votre leçon, pour l'amour de moi ?

ARLEQUIN. Non.

LA FÉE. Quoi ! vous me refusez si peu de chose, à moi qui vous aime ?

Alors Arlequin lui voit une grosse bague au doigt, il lui va prendre la main, regarde la bague, et lève la tête en se mettant à rire niaisement.

LA FÉE. Voulez-vous que je vous la donne ?

ARLEQUIN. Oui-da.

LA FÉE *tire la bague de son doigt, et lui présente. Comme il la prend grossièrement, elle lui dit*. Mon cher Arlequin, un beau garçon comme vous, quand une dame lui présente quelque chose, doit baiser la main[2] en le recevant.

> *Arlequin alors prend goulûment la main de la Fée qu'il baise.*

LA FÉE *dit.* Il ne m'entend pas, mais du moins sa méprise m'a fait plaisir. *(Elle ajoute :)* Baisez la vôtre à présent. *(Arlequin baise le dessus de sa main ; la Fée soupire, et lui donnant sa bague, lui dit :)* La voilà, en revanche, recevez votre leçon.

> *Alors le maître à danser apprend à Arlequin à faire la révérence. Arlequin égaie cette scène de tout ce que son génie peut lui fournir de propre au sujet.*

ARLEQUIN. Je m'ennuie.

LA FÉE. En voilà donc assez : nous allons tâcher de vous divertir.

ARLEQUIN *alors saute de joie au divertissement proposé, et dit en riant.* Divertir, divertir.

Scène 3
LA FÉE, ARLEQUIN, TRIVELIN, UNE TROUPE DE CHANTEURS ET DANSEURS

> *La Fée fait asseoir Arlequin alors auprès d'elle sur un banc de gazon qui sera auprès de la grille[1] du théâtre. Pendant qu'on danse, Arlequin siffle.*

UN CHANTEUR, *à Arlequin.*
> Beau brunet, l'Amour vous appelle.

ARLEQUIN, *à ce vers, se lève niaisement et dit.* Je ne l'entends pas, où est-il ? *(Il appelle :)* Hé ! hé !

LE CHANTEUR *continue.*
> Beau brunet, l'Amour vous appelle.

ARLEQUIN, *en se rasseyant, dit.* Qu'il crie donc plus haut.

LE CHANTEUR *continue en lui montrant la Fée.*
>Voyez-vous cet objet charmant,
>Ces yeux dont l'ardeur étincelle,
>Vous répètent à tout moment :
>Beau brunet, l'Amour vous appelle.

130

ARLEQUIN, *alors en regardant les yeux de la Fée, dit.* Dame, cela est drôle !

UNE CHANTEUSE BERGÈRE *vient, et dit à Arlequin.*
>Aimez, aimez, rien n'est si doux.

ARLEQUIN, *là-dessus, répond.* Apprenez, apprenez-moi cela.

LA CHANTEUSE *continue en le regardant.*
>Ah ! que je plains votre ignorance.
>Quel bonheur pour moi, quand j'y pense,

Elle montre le chanteur.

140
>Qu'Atys en sache plus que vous !

LA FÉE, *alors en se levant, dit à Arlequin.* Cher Arlequin, ces tendres chansons ne vous inspirent-elles rien ? Que sentez-vous ?

ARLEQUIN. Je sens un grand appétit.

TRIVELIN. C'est-à-dire qu'il soupire après sa collation* ; mais voici un paysan qui veut vous donner le plaisir d'une danse de village, après quoi nous irons manger.

Un paysan danse.

LA FÉE *se rassied, et fait asseoir Arlequin qui s'endort. Quand la danse finit, la Fée le tire par le bras, et lui dit en se levant.* Vous vous endormez, que faut-il donc faire pour vous amuser ?

ARLEQUIN, *en se réveillant, pleure.* Hi, hi, hi, mon père, eh ! je ne vois point ma mère !

LA FÉE, *à Trivelin.* Emmenez-le, il se distraira peut-être, en mangeant, du chagrin qui le prend ; je sors d'ici pour quelques moments ; quand il aura fait collation*, laissez-le se promener où il voudra.

Ils sortent tous.

Scène 4

SILVIA, LE BERGER

La scène change¹ et représente au loin quelques moutons qui paissent. Silvia entre sur la scène en habit de bergère, une houlette à la main, un berger la suit.

LE BERGER. Vous me fuyez, belle Silvia ?

SILVIA. Que voulez-vous que je fasse, vous m'entretenez d'une chose qui m'ennuie, vous me parlez toujours d'amour.

LE BERGER. Je vous parle de ce que je sens.

SILVIA. Oui, mais je ne sens rien, moi.

LE BERGER. Voilà ce qui me désespère.

SILVIA. Ce n'est pas ma faute, je sais bien que toutes nos bergères ont chacune un berger qui ne les quitte point ; elles me disent qu'elles aiment, qu'elles soupirent ; elles y trouvent leur plaisir. Pour moi, je suis bien malheureuse : depuis que vous dites que vous soupirez pour moi, j'ai fait ce que j'ai pu pour soupirer aussi, car j'aimerais autant qu'une autre à être bien aise ; s'il y avait quelque secret pour cela, tenez, je vous rendrais heureux tout d'un coup, car je suis naturellement bonne.

LE BERGER. Hélas ! pour de secret, je n'en sais point d'autre que celui de vous aimer moi-même.

SILVIA. Apparemment que ce secret-là ne vaut rien ; car je

ne vous aime point encore, et j'en suis bien fâchée ; comment avez-vous fait pour m'aimer, vous ?

LE BERGER. Moi ! je vous ai vue : voilà tout.

SILVIA. Voyez quelle différence ; et moi, plus je vous vois et moins je vous aime. N'importe, allez, allez, cela viendra peut-être, mais ne me gênez point. Par exemple, à présent, je vous haïrais si vous restiez ici.

LE BERGER. Je me retirerai donc, puisque c'est vous plaire, mais pour me consoler, donnez-moi votre main, que je la baise.

SILVIA. Oh non ! on dit que c'est une faveur, et qu'il n'est pas honnête* d'en faire, et cela est vrai, car je sais bien que les bergères se cachent de cela.

LE BERGER. Personne ne nous voit.

SILVIA. Oui ; mais puisque c'est une faute, je ne veux point la faire qu'elle ne me donne du plaisir comme aux autres[1].

LE BERGER. Adieu donc, belle Silvia, songez quelquefois à moi.

SILVIA. Oui, oui.

Scène 5

SILVIA, ARLEQUIN,
mais il ne vient qu'un moment après que Silvia a été seule.

SILVIA. Que ce berger me déplaît avec son amour ! Toutes les fois qu'il me parle, je suis toute de méchante humeur. *(Et puis voyant Arlequin.)* Mais qui est-ce qui vient là ? Ah mon Dieu le beau garçon !

ARLEQUIN *entre en jouant au volant, il vient de cette façon jusqu'aux pieds de Silvia, là il laisse en jouant tomber le volant, et, en se baissant pour le ramasser, il voit Silvia ; il demeure étonné et courbé ; petit à petit et par secousses il se redresse le corps : quand il s'est entièrement redressé, il la regarde, elle, honteuse, feint de se retirer dans son embarras, il l'arrête, et dit.* Vous êtes bien pressée ?

SILVIA. Je me retire, car je ne vous connais pas.

ARLEQUIN. Vous ne me connaissez pas ? tant pis ; faisons connaissance, voulez-vous ?

SILVIA, *encore honteuse.* Je le veux bien.

ARLEQUIN *alors s'approche d'elle et lui marque sa joie par de petits ris, et dit.* Que vous êtes jolie !

SILVIA. Vous êtes bien obligeant.

ARLEQUIN. Oh point, je dis la vérité.

SILVIA, *en riant un peu à son tour.* Vous êtes bien joli aussi, vous.

ARLEQUIN. Tant mieux : où demeurez-vous ? je vous irai voir.

SILVIA. Je demeure tout près ; mais il ne faut pas venir ; il vaut mieux nous voir toujours ici, parce qu'il y a un berger qui m'aime ; il serait jaloux, il nous suivrait.

ARLEQUIN. Ce berger-là vous aime ?

SILVIA. Oui.

ARLEQUIN. Voyez donc cet impertinent ! je ne le veux pas, moi. Est-ce que vous l'aimez, vous ?

SILVIA. Non, je n'en ai jamais pu venir à bout.

ARLEQUIN. C'est bien fait, il faut n'aimer personne que nous deux ; voyez si vous le pouvez ?

SILVIA. Oh ! de reste[1], je ne trouve rien de si aisé.

ARLEQUIN. Tout de bon ?

SILVIA. Oh ! je ne mens jamais, mais où demeurez-vous aussi ?

ARLEQUIN, *lui montrant du doigt.* Dans cette grande maison.

SILVIA. Quoi ! chez la fée ?

ARLEQUIN. Oui.

SILVIA, *tristement.* J'ai toujours eu du malheur.

ARLEQUIN, *tristement aussi.* Qu'est-ce que vous avez, ma chère amie ?

SILVIA. C'est que cette fée est plus belle que moi, et j'ai peur que notre amitié ne tienne pas.

ARLEQUIN, *impatiemment.* J'aimerais mieux mourir. *(Et puis tendrement.)* Allez, ne vous affligez pas, mon petit cœur.

SILVIA. Vous m'aimerez donc toujours ?

ARLEQUIN. Tant que je serai en vie.

SILVIA. Ce serait bien dommage de me tromper, car je suis si simple. Mais mes moutons s'écartent, on me gronderait s'il s'en perdait quelqu'un : il faut que je m'en aille. Quand reviendrez-vous ?

ARLEQUIN, *avec chagrin*.* Oh ! que ces moutons me fâchent !

SILVIA. Et moi aussi, mais que faire ? Serez-vous ici sur le soir ?

ARLEQUIN. Sans faute. *(En disant cela il lui prend la main et il ajoute :)* Oh les jolis petits doigts ! *(Il lui baise la main et dit :)* Je n'ai jamais eu de bonbon si bon que cela.

SILVIA *rit et dit.* Adieu donc. *(Et puis à part.)* Voilà que je soupire, et je n'ai point eu de secret pour cela.

Elle laisse tomber son mouchoir[1] *en s'en allant. Arlequin le ramasse et la rappelle pour lui donner.*

ARLEQUIN. Mon amie !

SILVIA. Que voulez-vous, mon amant ? *(Et puis voyant son mouchoir entre les mains d'Arlequin.)* Ah ! c'est mon mouchoir, donnez.

ARLEQUIN *le tend, et puis retire la main ; il hésite, et enfin il le garde, et dit.* Non, je veux le garder, il me tiendra compagnie : qu'est-ce que vous en faites ?

SILVIA. Je me lave quelquefois le visage, et je m'essuie avec.

ARLEQUIN, *en le déployant.* Et par où vous sert-il, afin que je le baise par là ?

SILVIA, *s'en allant.* Partout, mais j'ai hâte, je ne vois plus mes moutons ; adieu, jusqu'à tantôt.

Arlequin la salue en faisant des singeries, et se retire aussi.

Scène 6

LA FÉE, TRIVELIN

La scène change, et représente le jardin de la Fée.

LA FÉE. Eh bien ! notre jeune homme a-t-il goûté* ?

TRIVELIN. Oui, goûté comme quatre : il excelle en fait d'appétit.

LA FÉE. Où est-il à présent ?

TRIVELIN. Je crois qu'il joue au volant dans les prairies ; mais j'ai une nouvelle à vous apprendre.

LA FÉE. Quoi, qu'est-ce que c'est ?

TRIVELIN. Merlin est venu pour vous voir.

LA FÉE. Je suis ravie de ne m'y être point rencontrée ; car c'est une grande peine que de feindre de l'amour pour qui l'on n'en sent plus.

TRIVELIN. En vérité, Madame, c'est bien dommage que ce petit innocent l'ait chassé de votre cœur ! Merlin est au comble de la joie, il croit vous épouser incessamment. Imagines-tu quelque chose d'aussi beau qu'elle ? me disait-il tantôt, en regardant votre portrait. Ah ! Trivelin, que de plaisirs m'attendent ! Mais je vois bien que de ces plaisirs-là il n'en tâtera qu'en idée, et cela est d'une triste ressource, quand on s'en est promis la belle et bonne réalité. Il reviendra, comment vous tirerez-vous d'affaire avec lui ?

LA FÉE. Jusqu'ici je n'ai point encore d'autre parti à prendre que de le tromper.

TRIVELIN. Eh ! n'en sentez-vous pas quelque remords de conscience ?

LA FÉE. Oh ! j'ai bien d'autres choses en tête, qu'à m'amuser* à consulter ma conscience sur une bagatelle*.

TRIVELIN, *à part*. Voilà ce qui s'appelle un cœur de femme complet.

LA FÉE. Je m'ennuie* de ne point voir Arlequin ; je vais le chercher ; mais le voilà qui vient à nous ; qu'en dis-tu, Trivelin ? il me semble qu'il se tient mieux qu'à l'ordinaire ?

Scène 7
LA FÉE, TRIVELIN, ARLEQUIN

Arlequin arrive tenant en main le mouchoir de Silvia qu'il regarde, et dont il se frotte tout doucement le visage.

LA FÉE, *continuant de parler à Trivelin.* Je suis curieuse de voir ce qu'il fera tout seul, mets-toi à côté de moi, je vais tourner mon anneau qui nous rendra invisibles.

Arlequin arrive au bord du théâtre, et il saute en tenant le mouchoir de Silvia, il le met dans son sein, il se couche et se roule dessus ; et tout cela gaiement.

LA FÉE, *à Trivelin.* Qu'est-ce que cela veut dire ? Cela me paraît singulier. Où a-t-il pris ce mouchoir ? Ne serait-ce pas un des miens qu'il aurait trouvé ? Ah ! si cela était, Trivelin, toutes ces postures-là seraient peut-être de bon augure.

TRIVELIN. Je gagerais moi que c'est un linge qui sent le musc.

LA FÉE. Oh non ! Je veux lui parler, mais éloignons-nous un peu pour feindre que nous arrivons.

Elle s'éloigne de quelques pas.

ARLEQUIN *se promène en long en chantant.*
Ter li ta ta li ta.

LA FÉE. Bonjour, Arlequin.

ARLEQUIN, *en tirant le pied*[1], *et mettant le mouchoir sous son bras.* Je suis votre très humble serviteur.

LA FÉE, *à part à Trivelin.* Comment ! voilà des manières ! il ne m'en a jamais tant dit depuis qu'il est ici.

ARLEQUIN, *à la Fée.* Madame, voulez-vous avoir la bonté

de vouloir bien me dire comment on est quand on aime bien une personne ?

LA FÉE, *charmée à Trivelin*. Trivelin, entends-tu ? *(Et puis à Arlequin.)* Quand on aime, mon cher enfant, on souhaite toujours de voir les gens, on ne peut se séparer d'eux, on les perd de vue avec chagrin : enfin on sent des transports, des impatiences et souvent des désirs.

ARLEQUIN, *en sautant d'aise et comme à part*. M'y voilà.

LA FÉE. Est-ce que vous sentez tout ce que je dis là ?

ARLEQUIN, *d'un air indifférent*. Non, c'est une curiosité que j'ai.

TRIVELIN. Il jase vraiment[1] !

LA FÉE. Il jase, il est vrai, mais sa réponse ne me plaît pas : mon cher Arlequin, ce n'est donc pas de moi que vous parlez ?

ARLEQUIN. Oh ! je ne suis pas un niais, je ne dis pas ce que je pense.

LA FÉE, *avec feu, et d'un ton brusque*. Qu'est-ce que cela signifie ? Où avez-vous pris ce mouchoir ?

ARLEQUIN, *la regardant avec crainte*. Je l'ai pris à terre.

LA FÉE. A qui est-il ?

ARLEQUIN. Il est à... *(Et puis s'arrêtant.)* Je n'en sais rien.

LA FÉE. Il y a quelque mystère désolant là-dessous ! Donnez-moi ce mouchoir ! *(Elle lui arrache, et après l'avoir regardé avec chagrin*, et à part.)* Il n'est pas à moi et il le baisait ; n'importe, cachons-lui mes soupçons, et ne l'intimidons pas ; car il ne me découvrirait rien.

ARLEQUIN *alors va, le chapeau bas et humblement, lui redemander le mouchoir*. Ayez la charité de me rendre le mouchoir.

LA FÉE, *en soupirant en secret.* Tenez, Arlequin, je ne veux pas vous l'ôter, puisqu'il vous fait plaisir.

Arlequin en le recevant baise la main[1], la salue, et s'en va.

LA FÉE, *le regardant.* Vous me quittez ; où allez-vous ?

ARLEQUIN. Dormir sous un arbre.

LA FÉE, *doucement.* Allez, allez.

Scène 8
LA FÉE, TRIVELIN

LA FÉE. Ah ! Trivelin, je suis perdue.

TRIVELIN. Je vous avoue, Madame, que voici une aventure où je ne comprends rien, que serait-il donc arrivé à ce petit peste-là ?

LA FÉE, *au désespoir et avec feu.* Il a de l'esprit*, Trivelin, il en a, et je n'en suis pas mieux, je suis plus folle que jamais. Ah ! quel coup pour moi, que le petit ingrat vient de me paraître aimable ! As-tu vu comme il est changé ? As-tu remarqué de quel air il me parlait ? combien sa physionomie était devenue fine ? Et ce n'est pas de moi qu'il tient toutes ces grâces-là ! Il a déjà de la délicatesse de sentiment, il s'est retenu, il n'ose me dire à qui appartient le mouchoir, il devine que j'en serais jalouse ; ah ! qu'il faut qu'il ait pris d'amour pour avoir déjà tant d'esprit ! Que je suis malheureuse ! Une autre lui entendra dire ce je vous aime que j'ai tant désiré, et je sens qu'il méritera d'être adoré ; je suis au désespoir. Sortons, Trivelin ; il s'agit ici de découvrir ma rivale, je vais le suivre et parcourir tous les lieux où ils pourront se voir. Cherche de ton côté, va vite, je me meurs.

Scène 9

SILVIA, UNE DE SES COUSINES

La scène change et représente une prairie où de loin paissent des moutons.

SILVIA. Arrête-toi un moment, ma cousine ; je t'aurai bientôt conté mon histoire, et tu me donneras quelque avis. Tiens, j'étais ici quand il est venu ; dès qu'il s'est approché, le cœur m'a dit que je l'aimais ; cela est admirable* ! Il s'est approché aussi, il m'a parlé ; sais-tu ce qu'il m'a dit ? Qu'il m'aimait aussi. J'étais plus contente que si on m'avait donné tous les moutons du hameau : vraiment je ne m'étonne pas si toutes nos bergères sont si aises d'aimer ; je voudrais n'avoir fait que cela depuis que je suis au monde, tant je le trouve charmant[1] ; mais ce n'est pas tout, il doit revenir ici bientôt ; il m'a déjà baisé la main, et je vois bien qu'il voudra me la baiser encore. Donne-moi conseil, toi qui as eu tant d'amants ; dois-je le laisser faire ?

LA COUSINE. Garde-t'en bien, ma cousine, sois bien sévère, cela entretient la passion d'un amant*.

SILVIA. Quoi, il n'y a point de moyen plus aisé que cela pour l'entretenir ?

LA COUSINE. Non ; il ne faut point aussi lui dire tant que tu l'aimes.

SILVIA. Eh ! comment s'en empêcher ? Je suis encore trop jeune pour pouvoir me gêner*.

LA COUSINE. Fais comme tu pourras, mais on m'attend, je ne puis rester plus longtemps, adieu, ma cousine.

Scène 10

SILVIA, *un moment après.* Que je suis inquiète ! j'aimerais autant ne point aimer que d'être obligée d'être sévère ; cependant elle dit que cela entretient l'amour, voilà qui est étrange ; on devrait bien changer une manière si incommode ; ceux qui l'ont inventée n'aimaient pas tant que moi.

Scène 11
SILVIA, ARLEQUIN

Arlequin entre.

SILVIA, *en le voyant.* Voici mon amant* ; que j'aurai de peine à me retenir !

Dès qu'Arlequin l'aperçoit, il vient à elle en sautant de joie ; il lui fait des caresses avec son chapeau, auquel il a attaché le mouchoir, il tourne autour de Silvia, tantôt il baise le mouchoir, tantôt il caresse Silvia.

ARLEQUIN. Vous voilà donc, mon petit cœur ?

SILVIA, *en riant.* Oui, mon amant.

ARLEQUIN. Êtes-vous bien aise de me voir ?

SILVIA. Assez.

ARLEQUIN, *en répétant ce mot.* Assez ! ce n'est pas assez.

SILVIA. Oh si fait, il n'en faut pas davantage.

Arlequin ici lui prend la main, Silvia paraît embarrassée.

ARLEQUIN, *en la tenant, dit.* Et moi, je ne veux pas que vous disiez comme cela.

Il veut alors lui baiser la main, en disant ces derniers mots.

SILVIA, *retirant sa main.* Ne me baisez pas la main au moins.

ARLEQUIN, *fâché.* Ne voilà-t-il pas encore ? Allez, vous êtes une trompeuse.

Il pleure.

SILVIA, *tendrement, en lui prenant le menton.* Hélas ! mon petit amant, ne pleurez pas.

ARLEQUIN, *continuant de gémir.* Vous m'aviez promis votre amitié.

SILVIA. Eh ! je vous l'ai donnée.

ARLEQUIN. Non : quand on aime les gens, on ne les empêche pas de baiser sa main. *(En lui offrant la sienne.)* Tenez, voilà la mienne ; voyez si je ferai comme vous.

SILVIA, *en se ressouvenant des conseils de sa cousine.* Oh ! ma cousine dira ce qu'elle voudra, mais je ne puis y tenir. *(Haut.)* Là, là, consolez-vous, mon amant, et baisez ma main puisque vous en avez envie ; baisez, mais écoutez, n'allez pas me demander combien je vous aime, car je vous en dirais toujours la moitié moins qu'il n'y en a. Cela n'empêchera pas que, dans le fond, je ne vous aime de tout mon cœur ; mais vous ne devez pas le savoir, parce que cela vous ôterait votre amitié, on me l'a dit.

ARLEQUIN, *d'une voix plaintive.* Tous ceux qui vous ont dit cela ont fait un mensonge : ce sont des causeurs qui n'entendent rien à notre affaire. Le cœur me bat quand je baise votre main et que vous dites que vous m'aimez, et c'est marque que ces choses-là sont bonnes à mon amitié.

SILVIA. Cela se peut bien, car la mienne en va de mieux en mieux aussi ; mais n'importe, puisqu'on dit que cela ne vaut rien, faisons un marché de peur d'accident : toutes les fois que vous me demanderez si j'ai beaucoup d'amitié pour vous, je vous répondrai que je n'en ai guère, et cela ne sera pourtant pas vrai ; et quand vous voudrez me baiser la main, je ne le voudrai pas, et pourtant j'en aurai envie.

ARLEQUIN, *en riant*. Eh ! eh ! cela sera drôle ! je le veux bien ; mais avant ce marché-là, laissez-moi baiser votre main à mon aise, cela ne sera pas du jeu.

SILVIA. Baisez, cela est juste.

ARLEQUIN *lui baise et rebaise la main, et après, faisant réflexion au plaisir qu'il vient d'avoir, il dit.* Oh ! mais, mon amie, peut-être que le marché nous fâchera tous deux.

SILVIA. Eh ! quand cela nous fâchera tout de bon, ne sommes-nous pas les maîtres ?

ARLEQUIN. Il est vrai, mon amie ; cela est donc arrêté ?

SILVIA. Oui.

ARLEQUIN. Cela sera tout divertissant : voyons pour voir. *(Arlequin ici badine, et l'interroge pour rire.)* M'aimez-vous beaucoup ?

SILVIA. Pas beaucoup.

ARLEQUIN, *sérieusement*. Ce n'est que pour rire au moins, autrement...

SILVIA, *riant*. Eh ! sans doute.

ARLEQUIN, *poursuivant toujours la badinerie, et riant*. Ah ! ah ! ah ! *(Et puis pour badiner encore.)* Donnez-moi votre main, ma mignonne.

SILVIA. Je ne le veux pas.

ARLEQUIN, *souriant*. Je sais pourtant que vous le voudriez bien.

SILVIA. Plus que vous ; mais je ne veux pas le dire.

ARLEQUIN, *souriant encore ici, et puis changeant de façon, et tristement*. Je veux la baiser, ou je serai fâché.

SILVIA. Vous badinez, mon amant* ?

ARLEQUIN, *comme tristement toujours*. Non.

SILVIA. Quoi ! c'est tout de bon ?

ARLEQUIN. Tout de bon.

SILVIA, *en lui tendant la main*. Tenez donc.

Scène 12
LA FÉE, ARLEQUIN, SILVIA

LA FÉE, *qui les cherchait, arrive, et dit à part en retournant son anneau*. Ah ! je vois mon malheur !

ARLEQUIN, *après avoir baisé la main de Silvia*. Dame ! je badinais.

SILVIA. Je vois bien que vous m'avez attrapée, mais j'en profite aussi.

ARLEQUIN, *qui lui tient toujours la main*. Voilà un petit mot qui me plaît comme tout.

LA FÉE, *à part*. Ah ! juste Ciel, quel langage ! Paraissons.
   Elle retourne son anneau.

SILVIA, *effrayée de la voir, fait un cri*. Ah !

ARLEQUIN. Ouf !

LA FÉE, *à Arlequin avec altération*[1]. Vous en savez déjà beaucoup !

ARLEQUIN, *embarrassé*. Eh ! eh ! je ne savais pourtant pas que vous étiez là.

LA FÉE, *en le regardant.* Ingrat ! *(Et puis le touchant de sa baguette.)* Suivez-moi.

Après ce dernier mot, elle touche aussi Silvia sans lui rien dire.

SILVIA, *touchée, dit.* Miséricorde !

La Fée alors part avec Arlequin, qui marche devant en silence et comme par compas[1].

Scène 13

SILVIA, *seule, tremblante, et sans bouger.* Ah ! la méchante femme, je tremble encore de peur. Hélas ! peut-être qu'elle va tuer mon amant, elle ne lui pardonnera jamais de m'aimer, mais je sais bien comment je ferai ; je m'en vais assembler tous les bergers du hameau, et les mener chez elle : allons. *(Silvia là-dessus veut marcher, mais elle ne peut avancer un pas, elle dit :)* Qu'est-ce que j'ai donc ? Je ne puis me remuer. *(Elle fait des efforts et ajoute :)* Ah ! cette magicienne m'a jeté un sortilège aux jambes.

A ces mots, deux ou trois Lutins viennent pour l'enlever.

SILVIA, *tremblante.* Ahi ! Ahi ! Messieurs, ayez pitié de moi, au secours, au secours !

UN DES LUTINS. Suivez-nous, suivez-nous.

SILVIA. Je ne veux pas, je veux retourner au logis.

UN AUTRE LUTIN. Marchons.

Il l'enlève en criant.

Scène 14

La scène change et représente le jardin de la Fée.

LA FÉE *paraît avec* ARLEQUIN, *qui marche devant elle dans la même posture qu'il a fait ci-devant, et la tête baissée.* Fourbe que tu es ! je n'ai pu paraître aimable à tes yeux, je n'ai pu t'inspirer le moindre sentiment, malgré tous les soins et toute la tendresse que tu m'as vue ; et ton changement est l'ouvrage d'une misérable bergère ! Réponds, ingrat, que lui trouves-tu de si charmant ? Parle.

ARLEQUIN, *feignant d'être retombé dans sa bêtise.* Qu'est-ce que vous voulez ?

LA FÉE. Je ne te conseille pas d'affecter une stupidité que tu n'as plus, et si tu ne te montres tel que tu es, tu vas me voir poignarder l'indigne objet de ton choix[1].

ARLEQUIN, *vite et avec crainte.* Eh ! non, non ; je vous promets que j'aurai de l'esprit autant que vous le voudrez.

LA FÉE. Tu trembles pour elle.

ARLEQUIN. C'est que je n'aime à voir mourir personne.

LA FÉE. Tu me verras mourir, moi, si tu ne m'aimes.

ARLEQUIN, *en la flattant*.* Ne soyez donc point en colère contre nous.

LA FÉE, *en s'attendrissant.* Ah ! mon cher Arlequin, regarde-moi, repens-toi de m'avoir désespérée, j'oublierai de quelle part t'est venu ton esprit ; mais puisque tu en as, qu'il te serve à connaître les avantages que je t'offre.

ARLEQUIN. Tenez, dans le fond, je vois bien que j'ai tort ; vous êtes belle et brave* cent fois plus que l'autre, mais j'enrage.

LA FÉE. Eh ! de quoi ?

ARLEQUIN. C'est que j'ai laissé prendre mon cœur par 560 cette petite friponne qui est plus laide que vous.

LA FÉE *soupire en secret et dit.* Arlequin, voudrais-tu aimer une personne qui te trompe, qui a voulu badiner avec toi, et qui ne t'aime pas ?

ARLEQUIN. Oh ! pour cela si fait, elle m'aime à la folie.

LA FÉE. Elle t'abusait, je le sais bien, puisqu'elle doit épouser un berger du village qui est son amant : si tu veux, je m'en vais l'envoyer chercher, et elle te le dira elle-même.

ARLEQUIN, *en se mettant la main sur la poitrine ou sur son* 570 *cœur.* Tic, tac, tic, tac, ouf, voilà des paroles qui me rendent malade. *(Et puis vite.)* Allons, allons, je veux savoir cela ; car si elle me trompe, jarni*, je vous caresserai, je vous épouserai devant ses deux yeux pour la punir.

LA FÉE. Eh bien ! je vais donc l'envoyer chercher.

ARLEQUIN, *encore ému.* Oui ; mais vous êtes bien fine*, si vous êtes là quand elle me parlera, vous lui ferez la grimace*, elle vous craindra, et elle n'osera me dire rondement sa pensée.

LA FÉE. Je me retirerai.

ARLEQUIN. La peste ! vous êtes une sorcière, vous nous 582 jouerez un tour comme tantôt, et elle s'en doutera : vous êtes au milieu du monde, et on ne voit rien. Oh ! je ne veux point que vous trichiez ; faites un serment que vous n'y serez pas en cachette.

LA FÉE. Je te le jure, foi de fée.

ARLEQUIN. Je ne sais point si ce juron-là est bon ; mais je me souviens à cette heure, quand on me lisait des histoires, d'avoir vu qu'on jurait par le six, le tix, oui, le 590 Styx[1].

LA FÉE. C'est la même chose.

ARLEQUIN. N'importe, jurez toujours ; dame, puisque vous craignez, c'est que c'est le meilleur.

LA FÉE, *après avoir rêvé*. Eh bien ! je n'y serai point, je t'en jure par le Styx, et je vais donner ordre qu'on l'amène ici.

ARLEQUIN. Et moi en attendant je m'en vais gémir en me promenant.

Il sort.

Scène 15

LA FÉE, *seule*. Mon serment me lie, mais je n'en sais pas moins le moyen d'épouvanter la bergère sans être présente, et il me reste une ressource ; je donnerai mon anneau à Trivelin qui les écoutera invisible, et qui me rapportera ce qu'ils auront dit. Appelons-le : Trivelin ! Trivelin !

Scène 16
LA FÉE, TRIVELIN

TRIVELIN *vient*. Que voulez-vous, Madame ?

LA FÉE. Faites venir ici cette bergère, je veux lui parler ; et vous, prenez cette bague. Quand j'aurai quitté cette fille, vous avertirez Arlequin de lui venir parler, et vous le suivrez sans qu'il le sache pour venir écouter leur entretien, avec la précaution de retourner la bague, pour n'être point vu d'eux ; après quoi, vous me redirez leurs discours : entendez-vous ? Soyez exact, je vous prie.

TRIVELIN. Oui, Madame.

Il sort pour aller chercher Silvia.

Scène 17
LA FÉE, SILVIA

LA FÉE, *un moment seule*. Est-il d'aventure plus triste que la mienne ? Je n'ai lieu d'aimer plus que je n'aimais, que pour en souffrir davantage ; cependant il me reste encore quelque espérance ; mais voici ma rivale. *(Silvia entre. La Fée en colère.)* Approchez, approchez.

SILVIA. Madame, est-ce que vous voulez toujours me retenir de force ici ? Si ce beau garçon m'aime, est-ce ma faute ? Il dit que je suis belle, dame, je ne puis pas m'empêcher de l'être.

LA FÉE, *avec un sentiment de fureur*. Oh ! si je ne craignais de tout perdre, je la déchirerais. *(Haut.)* Écoutez-moi, petite fille, mille tourments* vous sont préparés, si vous ne m'obéissez.

SILVIA, *en tremblant*. Hélas ! vous n'avez qu'à dire.

LA FÉE. Arlequin va paraître ici : je vous ordonne de lui dire que vous n'avez voulu que vous divertir avec lui, que vous ne l'aimez point, et qu'on va vous marier avec un berger du village ; je ne paraîtrai point dans votre conversation, mais je serai à vos côtés sans que vous me voyiez[1], et si vous n'observez mes ordres avec la dernière rigueur, s'il vous échappe le moindre mot qui lui fasse deviner que je vous aie forcée à lui parler comme je le veux, tout est prêt pour votre supplice.

SILVIA. Moi, lui dire que j'ai voulu me moquer de lui ? Cela est-il raisonnable ? Il se mettra à pleurer, et je me

mettrai à pleurer aussi : vous savez bien que cela
640 est immanquable.

LA FÉE, *en colère.* Vous osez me résister ! Paraissez, esprits infernaux, enchaînez-la, et n'oubliez rien pour la tourmenter*.

Des esprits entrent.

SILVIA, *pleurant, dit.* N'avez-vous pas de conscience de me demander une chose impossible ?

LA FÉE, *aux esprits.* Ce n'est pas tout ; allez prendre l'ingrat qu'elle aime, et donnez-lui la mort à ses yeux[1].

SILVIA, *avec exclamation.* La mort ! Ah ! Madame la Fée, vous n'avez qu'à le faire venir ; je m'en vais lui dire que
650 je le hais, et je vous promets de ne point pleurer du tout ; je l'aime trop pour cela.

LA FÉE. Si vous versez une larme, si vous ne paraissez tranquille, il est perdu, et vous aussi. *(Aux esprits.)* Ôtez-lui ses fers. *(A Silvia.)* Quand vous lui aurez parlé, je vous ferai reconduire chez vous, si j'ai lieu d'être contente : il va venir, attendez ici.

La Fée sort et les diables aussi.

Scène 18
SILVIA, ARLEQUIN, TRIVELIN

SILVIA, *un moment seule.* Achevons vite de pleurer, afin que mon amant ne croie pas que je l'aime, le pauvre enfant, ce serait le tuer moi-même. Ah ! maudite fée !
660 Mais essuyons mes yeux, le voilà qui vient.

Arlequin entre alors triste et la tête penchée, il ne dit mot jusqu'auprès de Silvia, il se présente à elle, la regardant un moment sans parler; et après, Trivelin invisible entre.

ARLEQUIN. Mon amie!

SILVIA, *d'un air libre**. Eh bien?

ARLEQUIN. Regardez-moi.

SILVIA, *embarrassée.* A quoi sert tout cela? On m'a fait venir ici pour vous parler; j'ai hâte, qu'est-ce que vous voulez?

ARLEQUIN, *tendrement.* Est-ce vrai que vous m'avez fourbé?

SILVIA. Oui, tout ce que j'ai fait, ce n'était que pour me donner du plaisir.

ARLEQUIN *s'approche d'elle tendrement et lui dit.* Mon amie, dites franchement, cette coquine de fée n'est point ici, car elle en a juré. *(Et puis en flattant Silvia.)* Là, là, remettez-vous, mon petit cœur: dites, êtes-vous une perfide? Allez-vous être la femme d'un vilain berger?

SILVIA. Oui, encore une fois, tout cela est vrai.

ARLEQUIN, *là-dessus, pleure de toute sa force.* Hi, hi, hi.

SILVIA, *à part.* Le courage me manque.

Arlequin, en pleurant sans rien dire, cherche dans ses poches; il en tire un petit couteau qu'il aiguise sur sa manche.

SILVIA, *le voyant faire.* Qu'allez-vous donc faire?

Alors Arlequin sans répondre allonge le bras comme pour prendre sa secousse[1], et ouvre un peu son estomac.

SILVIA, *effrayée.* Ah! il va se tuer; arrêtez-vous, mon amant! j'ai été obligée de vous dire des menteries. *(Et puis en parlant à la Fée qu'elle croit à côté d'elle.)* Madame la Fée, pardonnez-moi en quelque endroit que vous soyez ici, vous voyez bien ce qui en est.

ARLEQUIN, *à ces mots cessant son désespoir, lui prend vite la main et dit.* Ah ! quel plaisir ! soutenez-moi, m'amour, je m'évanouis d'aise.

Silvia le soutient. Trivelin, alors, paraît tout d'un coup à leurs yeux.

SILVIA, *dans la surprise, dit.* Ah ! voilà la Fée.

TRIVELIN. Non, mes enfants, ce n'est pas la Fée ; mais elle m'a donné son anneau, afin que je vous écoutasse sans être vu. Ce serait bien dommage d'abandonner de si tendres amants à sa fureur : aussi bien ne mérite-t-elle pas qu'on la serve, puisqu'elle est infidèle au plus généreux magicien du monde, à qui je suis dévoué : soyez en repos, je vais vous donner un moyen d'assurer votre bonheur. Il faut qu'Arlequin paraisse mécontent de vous, Silvia ; et que de votre côté vous feigniez de le quitter en le raillant. Je vais chercher la Fée qui m'attend, à qui je dirai que vous vous êtes parfaitement acquittée de ce qu'elle vous avait ordonné : elle sera témoin de votre retraite[1]. Pour vous, Arlequin, quand Silvia sera sortie, vous resterez avec la Fée, et alors en l'assurant que vous ne songez plus à Silvia infidèle, vous jurerez de vous attacher à elle, et tâcherez par quelque tour d'adresse, et comme en badinant, de lui prendre sa baguette ; je vous avertis que dès qu'elle sera dans vos mains, la Fée n'aura plus aucun pouvoir sur vous deux ; et qu'en la touchant elle-même d'un coup de baguette, vous en serez absolument le maître. Pour lors, vous pourrez sortir d'ici et vous faire telle destinée qu'il vous plaira.

SILVIA. Je prie le Ciel qu'il vous récompense.

ARLEQUIN. Oh ! quel honnête homme ! Quand j'aurai la baguette, je vous donnerai votre plein chapeau de liards.

TRIVELIN. Préparez-vous, je vais amener ici la Fée.

Scène 19
ARLEQUIN, SILVIA

ARLEQUIN. Ma chère amie, la joie me court dans le corps ; il faut que je vous baise, nous avons bien le temps de cela.

SILVIA, *en l'arrêtant*. Taisez-vous donc, mon ami, ne nous caressons pas à cette heure, afin de pouvoir nous caresser toujours : on vient, dites-moi bien des injures, pour avoir la baguette.

La Fée entre.

ARLEQUIN, *comme en colère*. Allons, petite coquine.

Scène 20
LA FÉE, TRIVELIN, SILVIA, ARLEQUIN

TRIVELIN, *à la Fée en entrant*. Je crois, Madame, que vous aurez lieu d'être contente.

ARLEQUIN, *continuant à gronder Silvia*. Sortez d'ici, friponne ; voyez cette petite effrontée ! sortez d'ici, mort de ma vie !

SILVIA, *se retirant en riant*. Ah ! ah ! qu'il est drôle ! Adieu, adieu, je m'en vais épouser mon amant* : une autre fois ne croyez pas tout ce qu'on vous dit, petit garçon. *(Et puis Silvia dit à la Fée.)* Madame, voulez-vous que je m'en aille ?

LA FÉE, *à Trivelin*. Faites-la sortir, Trivelin.

Silvia sort avec Trivelin.

Scène 21
LA FÉE, ARLEQUIN

LA FÉE. Je vous avais dit la vérité, comme vous voyez.

ARLEQUIN, *comme indifférent*. Oh! je me soucie bien de cela : c'est une petite laide qui ne vous vaut pas. Allez, allez, à présent je vois bien que vous êtes une bonne personne. Fi! que j'étais sot ; laissez faire, nous l'attraperons bien, quand nous serons mari et femme.

LA FÉE. Quoi! mon cher Arlequin, vous m'aimerez donc?

ARLEQUIN. Eh! qui donc[1]? J'avais assurément la vue trouble. Tenez, cela m'avait fâché d'abord, mais à présent je donnerais toutes les bergères des champs pour une mauvaise épingle. *(Et puis doucement.)* Mais vous n'avez peut-être plus envie de moi, à cause que j'ai été si bête?

LA FÉE, *charmée*. Mon cher Arlequin, je te fais mon maître, mon mari ; oui, je t'épouse ; je te donne mon cœur, mes richesses, ma puissance. Es-tu content?

ARLEQUIN, *en la regardant sur cela tendrement*. Ah! ma mie, que vous me plaisez! *(Et lui prenant la main.)* Moi, je vous donne ma personne, et puis cela encore. *(C'est son chapeau.)* Et puis encore cela. *(C'est son épée.)*

Là-dessus, en badinant, il lui met son épée au côté, et dit en lui prenant sa baguette :

Et je m'en vais mettre ce bâton à mon côté.

Quand il tient la baguette, LA FÉE, *inquiète, lui dit :*

Donnez, donnez-moi cette baguette, mon fils ; vous la casserez.

ARLEQUIN, *se reculant aux approches de la Fée, tournant autour du théâtre, et d'une façon reposée.* Tout doucement, tout doucement !

LA FÉE, *encore plus alarmée.* Donnez donc vite, j'en ai besoin.

ARLEQUIN, *alors, la touche adroitement de la baguette et lui dit.* Tout beau, asseyez-vous là ; et soyez sage.

LA FÉE *tombe sur le siège de gazon mis auprès de la grille du théâtre et dit.* Ah ! je suis perdue, je suis trahie.

ARLEQUIN, *en riant.* Et moi, je suis on ne peut pas mieux. Oh ! oh ! vous me grondiez tantôt parce que je n'avais pas d'esprit* ; j'en ai pourtant plus que vous. *(Arlequin alors fait des sauts de joie ; il rit, il danse, il siffle, et de temps en temps va autour de la Fée, et lui montrant la baguette.)* Soyez bien sage, Madame la sorcière[1], car voyez bien cela ! *(Alors il appelle tout le monde.)* Allons, qu'on m'apporte ici mon petit cœur. Trivelin, où sont mes valets et tous les diables aussi ? Vite, j'ordonne, je commande, ou par la sambleu...

Tout accourt à sa voix.

Scène dernière

SILVIA *conduite par* TRIVELIN, LES DANSEURS, LES CHANTEURS *et* LES ESPRITS

ARLEQUIN, *courant au-devant de Silvia, et lui montrant la baguette.* Ma chère amie, voilà la machine ; je suis sorcier à cette heure ; tenez, prenez, prenez ; il faut que vous soyez sorcière aussi.

Il lui donne la baguette.

Scène dernière

SILVIA *prend la baguette en sautant d'aise et dit.* Oh! mon amant, nous n'aurons plus d'envieux.

A peine Silvia a-t-elle dit ces mots, que quelques esprits s'avancent, et L'UN D'EUX *dit :*

Vous êtes notre maîtresse, que voulez-vous de nous?

SILVIA, *surprise de leur approche, se retire et a peur, et dit.* Voilà encore ces vilains hommes qui me font peur.

ARLEQUIN, *fâché.* Jarni*, je vous apprendrai à vivre. *(A Silvia.)* Donnez-moi ce bâton, afin que je les rosse.

Il prend la baguette, et ensuite bat les esprits avec son épée; il bat après les danseurs, les chanteurs, et jusqu'à Trivelin même.

SILVIA *lui dit, en l'arrêtant.* En voilà assez, mon ami.

Arlequin menace toujours tout le monde, et va à la Fée qui est sur le banc, et la menace aussi.

SILVIA, *alors, s'approche à son tour de la Fée et lui dit en la saluant.* Bonjour, Madame, comment vous portez-vous? Vous n'êtes donc plus si méchante?

La Fée retourne la tête en jetant des regards de fureur sur eux.

SILVIA. Oh! qu'elle est en colère.

ARLEQUIN, *alors à la Fée.* Tout doux, je suis le maître; allons, qu'on nous regarde tout à l'heure* agréablement.

SILVIA. Laissons-la, mon ami, soyons généreux : la compassion est une belle chose.

ARLEQUIN. Je lui pardonne, mais je veux qu'on chante, qu'on danse, et puis après nous irons nous faire roi quelque part.

Commentaires
Notes
par
Jacques Morel

*Nicole Mérouze, Denise Arden,
Jean-Louis Barrault, Simone Valère.
Mise en scène de J.-P. Granval. (Odéon, 1963.)*

Commentaires

Originalité de l'œuvre

Arlequin poli par l'amour et *La Double Inconstance* se suivent à trois années d'intervalle (1720-1723). Les deux pièces ont connu un égal succès. La parenté de leurs thèmes et l'apparente opposition de leurs « philosophies » ont conduit les commentateurs à les comparer et à dénoncer leurs contradictions : ici et là les protagonistes, Arlequin et Silvia, sont deux enfants de la campagne, proches des bergers de la pastorale traditionnelle. Mais tandis que dans la comédie de 1720 tous deux découvrent un amour mutuel qu'ils défendent victorieusement contre les prétentions d'une puissante fée, celle de 1723 les présente comme victimes (ou bénéficiaires) de l'amour d'un prince et d'une grande dame de la cour, qui parviennent à les détacher l'un de l'autre pour les faire leurs. Si *Arlequin poli par l'amour* émeut les cœurs sensibles, *La Double Inconstance* apparaît à beaucoup, selon l'expression d'un personnage de *La Répétition ou l'Amour puni* de Jean Anouilh, comme l'« histoire élégante et gracieuse d'un crime ». La seconde comédie serait donc une « suite » pessimiste de la première. Pour y voir plus clair, il est nécessaire de les replacer l'une et l'autre dans le cadre où elles ont été créées, dans la tradition des sous-genres qu'elles représentent, et dans la carrière de leur auteur.

Marivaux et le Théâtre-Italien

Les Comédiens-Italiens sont bien connus des spectateurs français depuis le dernier tiers du XVIe siècle. A partir de 1660, une de leurs troupes s'est installée à Paris de manière permanente, avec le fameux Scaramouche et Jean-Evariste Gherardi, qui en a rassemblé le répertoire.

Quand la Comédie-Française nouvellement créée quitte l'Hôtel de Bourgogne pour le théâtre Guénégaud, les Italiens s'installent à sa place dans l'ancienne salle des Confrères de la Passion. Expulsés en 1697 pour avoir raillé Mme de Maintenon dans une de leurs pièces, les Italiens reviennent en 1716, rappelés par le Régent, et s'installent à nouveau à l'Hôtel de Bourgogne.

La troupe des années 1720-1723 comprend Luigi Riccoboni dit Lelio, son épouse Elena Balletti dite Flaminia, Gianetta Benozzi dite Silvia, Antonio Vicentini dit Thomassin, Arlequin de la troupe jusqu'en 1739, et Pierre-François Biancolelli, dit Dominique, interprète du personnage de Trivelin. Les Italiens jouent d'abord dans leur langue, mêlée de mots français. En 1718, ils adoptent décidément le français. Nommée d'abord « troupe du duc d'Orléans », leur troupe devient en 1723 (l'année de *La Double Inconstance*) celle des « Comédiens ordinaires du Roi ».

Les Italiens ont un répertoire varié : ils reprennent en les réadaptant leurs anciens canevas de la *commedia dell'arte*, notamment ceux qui jouent des divers déguisements d'Arlequin : Lelio lui-même compose un *Arlequin Cartouche* en 1721, au lendemain de l'exécution du fameux brigand ; ils développent des canevas romanesques, comparables à ceux dont s'était diverti le jeune Marivaux ; ils poursuivent la tradition de leurs prédécesseurs de la fin du XVIIe siècle et celle des comédiens de la Foire en jouant de la satire et de la parodie, mais aussi en s'inspirant de la féerie moderne ou des drames mythologiques dont s'enchantent les spectateurs de l'Opéra.

Leurs auteurs bénéficient de leur expérience de la Foire, ou de celle de Lesage, qui a dès 1713 donné aux forains plusieurs arlequinades. Ils ont assisté ou participé aux premiers opéras-comiques donnés à partir de 1715 à la foire Saint-Germain, avec leurs intrigues simples, leur réutilisation des types du théâtre italien, leurs changements de décors et leur verve satirique. Parmi eux, le peintre-poète Jacques Autreau a fait jouer, quelques semaines avant l'*Arlequin* de Marivaux, des *Amants ignorants* dont celui-ci s'est sans nul doute inspiré.

Marivaux et les Comédiens-Italiens ont dû rapidement trouver un terrain d'entente. Il était comme eux soucieux d'indépendance, frondeur à l'égard des valeurs littéraires et théâtrales établies. Il a été pour la troupe de Lelio ce que Lesage avait été pour les forains : le garant de la qualité du texte et de l'allégresse du rythme. C'est aussi à cette troupe qu'il doit ses succès les plus éclatants.

L'inspiration de La Double Inconstance et d'Arlequin poli par l'amour

Arlequin poli par l'amour est demeuré la première œuvre dramatique importante de Marivaux. Son originalité consiste en ce qu'elle rassemble en quelques scènes une richesse culturelle exceptionnelle et une invention personnelle singulière. Il s'agit d'une féerie, c'est-à-dire d'un conte de fées transposé au théâtre. Catherine Durand avait conté, dans *Le Prodige d'amour* (1702), l'histoire d'un jeune rustaud enlevé par une fée mais qui échappe à ses pièges grâce à l'amour d'une jeune bergère. S'il s'agit sans conteste de la source immédiate de Marivaux, le thème était déjà présent dans un épisode du roman posthume de Cervantès, *Les Travaux de Persilès et de Sigismonde* (1617), qui narre la vaine tentative de séduction d'Antoine le sauvage par la magicienne Zénocie. *Les Amants ignorants* d'Autreau (1720) ont probablement inspiré les dialogues amoureux d'Arlequin et de Silvia : on y assistait à la découverte du sentiment amoureux chez les jeunes gens, qu'une rivale, jouée par Flaminia, essayait en vain de détacher l'un de l'autre. Mais il reste que la comédie de Marivaux opère le croisement de deux motifs largement représentés dans le théâtre comique, tragique et lyrique de la tradition. Marivaux ne peut pas ne pas se souvenir de *L'École des femmes*, où la jeune Agnès accédait à la conscience de soi grâce au sentiment amoureux. Il ne peut ignorer le motif de la conversation épiée par le jaloux (ou la jalouse), tel qu'il se présentait, après *L'École*, dans *Britannicus* de Racine et dans plusieurs opéras de Quinault. Il a eu du moins le mérite, paradoxal dans une féerie, de tirer son dénouement du principe même de l'action :

c'est parce que Arlequin est « poli », c'est-à-dire instruit, par l'amour qu'il parvient par la feinte et la ruse à vaincre les prestiges de la magie. Il a donné enfin une valeur exemplaire à l'aventure en refusant d'intégrer ses personnages, aussi bien dans un contexte social vraisemblable que dans un ensemble mythique, féerique ou pastoral cohérent : la Fée, dite au cours de la comédie « magicienne » ou « sorcière », parle d'elle-même comme d'une simple femme ; Arlequin, trouvé endormi dans une forêt, n'a point d'attache marquée avec le milieu villageois dont il paraît provenir et demeure conforme dans sa parole et son action au type de la *commedia* familier à son créateur Thomassin, capable de représenter tour à tour les sentiments les plus généraux de l'humanité ; la « bergère » Silvia est à la fois aussi abstraite que les héroïnes d'Honoré d'Urfé et des auteurs de pastorales à la française. Ainsi Marivaux réunit-il dans la même pièce les charmes, discrets, de la féerie, la rigueur, adoucie, de la farce et le sens de l'analyse des cœurs, mais réduite à l'épure, des pastorales traditionnelles.

La Double Inconstance apparaît d'abord au lecteur comme une suite désabusée d'*Arlequin*. Cependant, de quelque manière qu'on l'interprète, cette comédie en trois actes présente avec la première de sensibles différences. On ne lui connaît pas de sources immédiates. Le lecteur n'en est que plus à l'aise pour y retrouver des thèmes de théâtre ou de roman. A l'aube du XVIIe siècle, *L'Astrée* d'Honoré d'Urfé avait mis au point toute une casuistique de l'infidélité amoureuse, vécue dans l'allégresse par le fantasque Hylas, et dans l'inquiétude par les Diane, les Bellinde et les Tircis. Le romancier indiquait encore le thème de l'enlèvement d'une jeune fiancée par un souverain puissant (histoire de Chryséide et Arimant, troisième partie du roman). Dans les premières comédies de Corneille, des couples apparemment assortis se défont, soit irrémédiablement *(La Place Royale)*, soit pour que d'autres couples se construisent *(La Veuve, La Suivante)*. La destruction du couple de Pierrot et de Charlotte, dans le *Dom Juan* de Molière, qui a inspiré d'autre part la scène de paysannerie de *La Surprise de l'amour* (I, 1 ; 1722), impliquait la séduction par un grand seigneur bien fait et beau parleur d'une simple fille de campagne pourtant attachée à son amoureux. Mais la plupart du temps ces abandons étaient sans suite, ou permettaient un retour *in extremis* de l'infidèle à celui ou celle qui lui était destiné, ou se justifiaient par la découverte du véritable amour succédant aux illusions de l'amitié amoureuse. *La Double Inconstance* modifie sensiblement ces données, sans tomber pourtant dans le cynisme moral et sentimental qu'on associe volontiers à l'époque de la Régence de Philippe d'Orléans. Les amours d'Arlequin et de Silvia ont été vécues comme parfaitement authentiques. Lorsqu'ils se quittent pour épouser, l'un Flaminia et l'autre le Prince, leurs nouvelles amours sont également sincères. Là réside l'originalité du poète ; là aussi la leçon apparemment scandaleuse de la comédie. L'une et l'autre sont d'autant plus sensibles que l'intrigue n'a plus pour cadre le palais d'une fée, mais celui d'un prince ; et que la campagne qui s'y trouve évoquée n'est plus celle de la pastorale comme dans *Arlequin*, ni celle de la commode et conventionnelle résidence des champs de *La Surprise de l'amour*. Le palais du Prince est le cadre d'intrigues de cour aisément transposables à Versailles ; Arlequin et Silvia appartiennent à des familles de petits propriétaires de village ; l'un songe au besoin que son père peut avoir de lui ; l'autre à l'inquiétude de sa mère, qu'on autorise d'ailleurs à lui rendre visite. L'univers de *La Double Inconstance* est à cet égard comparable à ce qu'était celui du *George Dandin* de Molière ou à ce que sera celui du *Jeu de l'amour et du hasard* et des *Fausses Confidences*. Au mythe à la fois farcesque et sérieux d'*Arlequin* se substitue une histoire qui peut n'être pas sans rapport avec la réalité sociale de la France d'autrefois.

Thèmes et personnages

Les comédies de Marivaux destinées aux Italiens ne rompent pas totalement avec la tradition comique française. Elles en conservent du moins quelques dimensions essentielles. La comédie est une histoire d'amour qui finit heureusement. Elle comporte une évocation de l'existence humaine dans son quotidien et prétend corriger les vices ou les ridicules. Elle implique une réflexion générale sur la nature et la condition des hommes. Marivaux trouvait tout cela dans le théâtre de Molière. Il le retrouvait encore chez les successeurs immédiats du « Térence français », Regnard, Dufresny, Dancourt et Lesage, avec toutefois une tendance plus marquée que chez Molière à la peinture des conditions sociales, adoucie par la légèreté du ton et la fantasque vivacité de la plupart des intrigues. Mais la thématique des premières comédies de Marivaux est également redevable à la tradition des tragiques français. Si son premier essai, *Le Père prudent et équitable* (1708), ressemble à un centon de Molière et de Regnard, on ne peut négliger la rédaction, contemporaine de celle d'*Arlequin poli par l'amour*, d'une tragédie d'*Annibal*, conçue selon le modèle cornélien. D'autre part, la présence à peu près constante, dans les comédies de Marivaux, de personnages de statut « héroïque », nobles seigneurs, princes et princesses, atteste son goût pour un genre susceptible de faire se rencontrer les jardiniers et les seigneurs et d'entremêler les motifs de l'ambition de tragédie et de l'amour de comédie. Racine rejoint volontiers Molière dans les réminiscences du poète. Son théâtre n'évite parfois l'événement racinien que grâce au joyeux emportement de l'action et, particulièrement dans les œuvres qui nous occupent, à celui d'acteurs dont les emplois excluent l'abandon décidé à la mélancolie.

Analyse de La Double Inconstance

Acte premier. Un Prince est tombé amoureux d'une jeune villageoise, Silvia, chez qui il est allé demander à boire au cours d'une partie de chasse. Se présentant comme simple « officier du palais », il lui a rendu plusieurs visites, sans parvenir à la faire renoncer à son fiancé Arlequin, qu'il a rencontré deux fois avec elle. Il désire l'épouser, conformément à la loi qui l'oblige à partager la couronne avec une de ses sujettes. Mais cette même loi lui interdit d'user de contrainte envers qui que ce soit. Il lui faut donc faire en sorte que les deux amants se séparent de bon gré et que Silvia s'éprenne de sa personne : tentative de double séduction pour laquelle le Prince s'est assuré la collaboration de deux de ses proches « domestiques », Flaminia et Trivelin. L'action de la comédie se déroule dans un appartement du palais, où les deux jeunes gens ont été conduits séparément.

La pièce s'ouvre avec un dialogue entre Silvia et Trivelin. Silvia refuse de se nourrir et reste indifférente au luxe dont le Prince amoureux la fait entourer. Rien ne peut la consoler de l'absence d'Arlequin. Trivelin lui promet qu'on le lui amènera bientôt. Elle sort pour aller l'attendre, tandis que le Prince et Flaminia font leur entrée (sc. 1). Le pessimisme de Trivelin sur l'état du cœur de Silvia ne fait qu'exciter l'amour du Prince et laisse sceptique Flaminia, qui voit dans la résistance de Silvia un jeu de coquetterie. Flaminia d'ailleurs a un plan, et demande au Prince de bien vouloir s'y soumettre, en continuant à tromper Silvia sur son identité, en acceptant de ne la rencontrer qu'un peu plus tard et en la laissant libre de voir son amant. Elle entend agir d'abord sur Arlequin, en utilisant le talent et les charmes de sa sœur Lisette (sc. 2). Elle apprend sa leçon à Lisette, qui devra séduire Arlequin, « villageois sans expérience », sans user de coquetterie, ni dans la mise, ni dans les manières. Elle n'est d'ailleurs pas tenue d'aimer Arlequin. Si elle vient à l'épouser, ce mariage fera sa fortune : le Prince fera d'elle une « grande dame » (sc. 3). Arlequin n'écoute pas plus les leçons de Trivelin que ne faisait Silvia. Il n'est pas convaincu par la fable selon laquelle le Prince se serait épris de Silvia sur le rapport que l'« officier du palais » lui aurait fait touchant le charme de la jeune fille ; il ne croit pas non plus à des oracles invoqués par Trivelin et qui présenteraient comme fatale l'union de Silvia et du Prince. Il ne se calme qu'à la pensée de voir bientôt celle qu'il aime. Persuadé que la justice divine ne permettra pas qu'il possède « le cœur » tandis que le Prince posséderait « la femme », il déclare ne pouvoir être consolé, ni par le mariage envisagé pour lui avec une fille de la cour, ni par l'amitié du Prince, ni par les richesses qu'on lui promet, ni même par la bonne chère, bien qu'il s'avoue fort gourmand (sc. 4). Lisette affecte de venir mander Trivelin auprès du Prince ; Trivelin se retire en la laissant en compagnie d'Arlequin (sc. 5). Lisette commence par des compliments sur la beauté de Silvia, et sur celle d'Arlequin, qui la rend moins surprise de la résistance de la jeune fille aux offres du Prince, cependant charmant et puissant. Arlequin se dit scandalisé par la coquetterie de Lisette. Qu'elle l'aime ou non, sa démarche est incongrue : ce n'est pas aux filles de faire les premières avances. Silvia a montré plus de retenue dans les premiers jours de leurs tendres dialogues. Il quitte Lisette sur une ultime moquerie, et Trivelin, qui survient à ce moment, l'emmène faire une promenade pour le désennuyer (sc. 6 et 7). Lisette exprime son dépit auprès de Flaminia et du Prince. Flaminia, qui a été touchée par le charme d'Arlequin, accepte de prendre le relais et de tenter de le séduire. Elle persiste également dans sa volonté de laisser les amants se voir librement (sc. 8). Trivelin ramenant Arlequin avec une suite de valets destinés à lui faire « honneur », le jeune homme refuse leurs hommages, et les chasse comme « gens sans honneur », ainsi que Trivelin. Celui-ci revient cependant et une discussion s'engage sur les gens honorés et les gens honorables, sur les honnêtes gens et les grands seigneurs (sc. 9 et 10). Flaminia conduit Silvia auprès d'Arlequin ; elle se dit leur complice et les laisse seuls en évoquant le souvenir d'un amant mort qui ressemblait à Arlequin (sc. 11). Dialogue attendrissant des amants, qui se promettent une éternelle fidélité au travers des épreuves (sc. 12). Mais on appelle Silvia auprès de sa mère, qui vient d'arriver. Arlequin retient un instant Flaminia, dont l'amitié le console. Il accepte enfin de suivre Trivelin pour le « dîner » ; Flaminia se laisse convaincre de l'accompagner (sc. 13).

Acte II. Flaminia a gagné le cœur de Silvia comme celui d'Arlequin. Aussi peut-elle recueillir ses confidences : certes, son amour pour Arlequin, qu'elle s'inquiète de ne pas revoir (c'est, apprend-elle, qu'il « dîne » encore), et sa colère contre les courtisans qui la pressent d'abandonner le jeune homme ; certes encore, son étonnement à voir le Prince se ruiner pour la conquérir ; mais aussi le tendre souvenir des visites de l'« officier du palais », et une jalousie naissante envers les femmes de la cour et leur libre conduite. C'est, dit Flaminia, la réserve de Silvia qui justement plaît au Prince. Les femmes, et même certains hommes de la cour, en sont jaloux et daubent sur les imperfections de la jeune fille, en ajoutant que le Prince ne tardera pas à se lasser d'elle. Silvia a grande envie de les « confondre ». Paraît l'« officier du palais », accompagné de Lisette, qui joue le rôle d'une « dame de la cour ». Silvia reconnaît son amoureux, et ne peut s'empêcher d'exprimer son admiration (sc. 1). Tandis que l'« officier » complimente Silvia et s'excuse d'oser paraître auprès d'elle, la « dame » se moque de son « agrément campagnard » ; Silvia se fâche, et la « dame » se retire (sc. 2). L'« officier » peut alors déclarer son amour, qui bien que sans espoir durera toute sa vie ; Silvia regrette d'avoir connu Arlequin avant lui et obtient du prétendu « officier » la promesse de dénoncer auprès du Prince la « dame » et ses insolences (sc. 3). A l'invitation de Flaminia, Silvia accepte d'aller essayer une robe que le Prince lui a fait faire, à condition qu'il ne s'agisse pas d'un « troc » avec son cœur (sc. 4). Survient Arlequin accompagné par Trivelin ; il conte à Flaminia qu'il a fait naître des rires en s'emportant contre un page qui portait la queue d'une dame. Au reste, il a bien déjeuné, et bu à la santé de Silvia et de Flaminia. Flaminia affectant de prendre le parti des jeunes amants, Trivelin feint de vouloir se venger sur elle des insolences d'Arlequin (sc. 5). Arlequin et Flaminia évoquent leur mutuelle amitié. Embarras d'Arlequin, pris entre cette « amitié » et son amour. Tristesse feinte de Flaminia, qui craint, dit-elle, d'être séparée de l'homme qui ressemble tant à l'amant disparu (sc. 6). Plaisant échange de révérences et de politesses entre Arlequin et un Seigneur que Trivelin lui amène. Ce Seigneur, qui jadis au cours d'une partie de chasse n'a pas rendu son salut à Arlequin, vient aujourd'hui le prier d'intercéder pour lui auprès du Prince, qui s'est fâché et l'a menacé de l'exil en l'entendant mal parler du jeune homme. Après quelques propos satiriques sur les mœurs et les ambitions des gens de cour, le

Seigneur suggère à Arlequin de l'aider à se réconcilier avec le Prince en demandant à celui-ci d'accorder Flaminia à un petit-cousin fort riche qu'il a, dit-il, à la campagne. Arlequin refuse cette dernière requête, et demeuré seul se félicite du « crédit » qu'on lui accorde, mais se promet de ne pas parler à Flaminia du petit-cousin (sc. 7). Flaminia survenant pour annoncer l'entrée de Silvia, Arlequin regrette qu'on ne lui laisse pas le temps de bavarder avec sa nouvelle « amie » (sc. 8). Silvia et Arlequin s'avouent heureux de vivre en un pays où on les traite si bien, et chacun d'eux approuve les amitiés liées par l'autre : ils pourraient faire « partie carrée » avec Flaminia et l'« officier ». Tandis qu'Arlequin sort pour « faire collation » avec Flaminia, Silvia s'apprête à recevoir la « dame » qui l'a insultée et qui doit lui présenter ses excuses (sc. 9). Lisette vient en effet, avec quelques dames témoins, réparer sa faute auprès de Silvia ; ce qu'elle fait le cœur brisé, car elle prétend être amoureuse du Prince, et désireuse que Silvia la remette dans ses bonnes grâces. Silvia, aussi piquée qu'Arlequin dans son dialogue avec le Seigneur, la renvoie brutalement (sc. 10). Consultée par elle, Flaminia lui conseille de ne pas quitter la cour. L'humiliation qu'elle subit de la part de ce genre de femme ne la servirait pas auprès d'Arlequin. Échange de propos sur cet « amant », que Silvia quitterait aisément s'il en aimait une autre : cette autre pourrait être Flaminia, qui « ne hait pas » Arlequin (sc. 11). L'« officier du palais » proteste de sa soumission aux ordres de Silvia. Mais Silvia ne souhaite pas qu'il la quitte, tout en se refusant à être infidèle. L'« officier » lui annonçant un spectacle à l'issue duquel elle pourra demeurer ou se retirer, Silvia imagine qu'elle pourra dire non au Prince, et que l'« officier » la retrouvera chez elle (sc. 12).

Acte III. Le Prince avoue à Flaminia que Silvia a fait croître son amour en se gardant de lui dire « oui » tout en lui manifestant un amour « vrai ». Flaminia se dit assurée d'obtenir l'aveu d'Arlequin, seul obstacle qui subsiste entre le Prince et Silvia (sc. 1). Arlequin avoue à Trivelin son embarras. Rassuré sur les « dettes » qu'il pourrait avoir contractées auprès du Prince, il dicte à

Trivelin une lettre au secrétaire d'État du Prince : il s'agit d'obtenir qu'on le laisse retourner auprès de son père, qu'on le marie avec Silvia, et qu'on les laisse tous deux en bonne amitié avec Flaminia. Mais Trivelin lui avoue son amour prétendu pour cette dernière, et Arlequin, commençant à prendre conscience de ses véritables sentiments, le chasse à coups de latte (sc. 2). A Flaminia qui survient, il fait une déclaration d'amour qui s'ignore, à laquelle elle répond (sc. 3).

Le Seigneur de l'acte II apporte des « lettres de noblesse » à Arlequin. Occasion pour celui-ci de faire la satire des gentilshommes : il n'a envie, ni de faire du mal à ses inférieurs, ni de se battre pour l'« honneur ». Le Seigneur le rassure sur le second point et lui fait remarquer que le premier lui permettra du moins de rendre les coups : et Arlequin accepte de prendre le parchemin (sc. 4). Arlequin attaque avec modération, crainte d'avoir à se battre, l'« officier du palais ». Mais celui-ci lui révèle sa véritable identité et le prie, tout en reconnaissant ses torts, de lui céder Silvia. Arlequin, sans répondre, lui demandant si Flaminia demeurera maîtresse d'elle-même, le Prince le quitte sur des propos ambigus et apparemment redoutables. Arlequin demeure persuadé que les calomnies de Trivelin ont fait leur effet. Il va chercher Flaminia, mais ne se résout pas encore à quitter Silvia (sc. 5 et 6). Flaminia survient et dit adieu à Arlequin, dont l'exil va la séparer. Elle lui avoue son amour. Arlequin lui avoue le sien. Il veut pourtant que Silvia reste persuadée qu'il ne la quitte que pour son bien à elle (sc. 7). Silvia avoue à Flaminia qu'elle n'aime plus du tout Arlequin, mais qu'elle est amoureuse de l'« officier du palais » et voudrait s'expliquer avec lui devant le Prince. Flaminia la rassure en prétendant que son changement est louable et en se chargeant d'apaiser Arlequin (sc. 8). Entre l'« officier du palais » qui assure à Silvia que, si elle a « envie de l'aimer », rien ne pourrait la contraindre. Silvia est sur le point de faire serment de ne jamais aimer le Prince, quand celui-ci lui avoue sa véritable identité. Tendre aveu de la jeune villageoise au beau Prince (sc. 9). Arlequin arrive avec Flaminia : il a « tout entendu ». Silvia reconnaît qu'elle le quitte en effet. Le Prince accorde

Arlequin à Flaminia, en le comblant de biens, et annonce les fêtes qui célébreront la nouvelle souveraine. La pièce se termine sur l'entière et pleine satisfaction des quatre protagonistes (sc. 10).

*Analyse d'*Arlequin poli par l'amour

Une Fée a enlevé le bel Arlequin dont elle s'est éprise en le voyant dormir dans un bois. Au cours d'un entretien avec son « domestique » Trivelin dans le jardin du palais où l'on retient le jeune homme, elle avoue avoir oublié pour lui l'enchanteur Merlin, qu'elle s'était engagée à épouser. Malheureusement, Arlequin semble avoir peu d'esprit et peu de penchant à l'amour. La Fée attend donc pour l'épouser, et le mettre ainsi « à l'abri des fureurs de Merlin », qu'il ait acquis l'un et l'autre. En attendant, pour ne pas mécontenter l'enchanteur, elle l'entretient dans ses illusions. De toute manière, même si Arlequin ne change pas, elle est décidée à ne pas épouser Merlin, car elle se sait incapable de jamais oublier son beau prisonnier (sc. 1). Arlequin paraît, accompagné d'un maître à danser. Il est sombre, distrait et maladroit. Il ne supporte qu'un instant, et parce que la Fée lui a offert sa bague, la leçon de révérence que lui donne son maître, et ne consent à rire qu'à l'annonce du divertissement qu'on a préparé pour lui (sc. 2). Ce divertissement est procuré par une troupe de danseurs et de chanteurs. Arlequin le ponctue de réflexions niaises et cocasses et n'est pas sensible à l'invitation à aimer que les chanteurs lui adressent. En fait, il n'a que faim, sommeil et chagrin d'être séparé de ses parents. Trivelin l'emmène pour prendre une collation (sc. 3).

Dans un pré où paissent quelques moutons, un Berger poursuit la belle Silvia et lui reproche de ne pas répondre à son amour. La jeune fille se défend : ce n'est pas sa « faute » si elle ne peut aimer comme les autres bergères, et comme elle le voudrait. Elle renvoie le Berger, en lui interdisant de lui baiser la main, car ce serait de sa part une « faute », et cette faute ne lui donnerait aucun « plaisir » (sc. 4). Arlequin, qu'on a laissé se promener à sa guise après la collation, paraît au moment où Silvia continue à se plaindre des assiduités du Berger qui l'aime. L'amour naît brusquement entre eux : étonnement et légère inquiétude chez Silvia ; joie naïve et expansive chez Arlequin. La jalousie suit l'amour de près ; il faut que Silvia rassure Arlequin sur ses sentiments à l'égard du Berger et qu'Arlequin rassure Silvia sur l'état de son cœur à l'égard de la Fée. On se donne rendez-vous pour le soir. Arlequin baise la main de Silvia, qui ne se défend pas, et s'empare du mouchoir que son « amie » a laissé tomber et qu'elle veut bien abandonner entre les mains de son « amant ». Au début de la scène, Arlequin avait laissé tomber le volant avec lequel il jouait, et, subjugué par la beauté de Silvia, ne l'avait pas ramassé ; il ramasse maintenant un gage d'amour : l'enfant est devenu un homme (sc. 5).

Dans le jardin des premières scènes, la Fée s'inquiète auprès de Trivelin de l'absence d'Arlequin. Le « domestique » la rassure : il a bien mangé ; il joue au volant « dans les prairies ». Cependant Merlin est venu voir la Fée et n'a trouvé que Trivelin. Il est « au comble de la joie ». La Fée, préoccupée par sa nouvelle passion, n'a aucun remords à le tromper tant qu'il est nécessaire. Arlequin entre en scène : il « se tient mieux qu'à l'ordinaire » (sc. 6). Aux yeux de la Fée et de Trivelin qui se sont rendus invisibles, le jeune homme se livre à divers jeux avec le mouchoir de Silvia, que la Fée espère être l'un des siens. Elle et Trivelin feignent enfin d'arriver. Arlequin interroge malicieusement la Fée sur les symptômes de l'amour ; satisfait de sa réponse, il ne dévoile pourtant rien de ses sentiments, et affecte d'ignorer à qui appartient le mouchoir. La Fée le lui prend, constate avec chagrin qu'il ne lui appartient pas, mais accepte de le lui rendre. Arlequin s'échappe (sc. 7). La Fée est désespérée : son prisonnier a de l'esprit, il est donc amoureux, et d'une autre qu'elle ; il faut découvrir cette « rivale » (sc. 8).

Dans la prairie où paissent ses moutons, Silvia confie son aventure à l'une de ses cousines, qui lui conseille d'être plus sévère avec Arlequin (sc. 9). Silvia demeure étonnée et inquiète en songeant aux étranges conseils qui viennent de lui être donnés (sc. 10). Aussi, bien qu'elle affecte d'abord la réserve à l'entrée d'un Arlequin plus joyeusement spontané que jamais, explique-t-elle assez vite les raisons de cette attitude à celui qu'elle aime. Et, d'un commun accord, les amants décident d'utiliser la réserve et la sévérité affectées comme un nouveau code amoureux. Ce qui n'empêche pas Arlequin, avec l'aveu de Silvia, de baiser à plusieurs reprises la main de la jeune bergère (sc. 11). Entre la Fée ; elle reste un instant invisible, puis elle apparaît pour interrompre les jeux des amants. Tous deux sont saisis par la peur. De sa baguette, la Fée oblige Arlequin à la suivre, tandis que Silvia demeure comme paralysée (sc. 12). Des lutins aux ordres de la Fée enlèvent Silvia (sc. 13).

Retour au jardin de la Fée, où celle-ci accable Arlequin de reproches. Le jeune homme use tour à tour, pour se défendre, d'une bêtise qui désormais n'est que feinte, et de propos flatteurs qui attendrissent la Fée. Elle veut faire croire à Arlequin que Silvia le trompe. Cette pensée émeut le jeune amant, mais, se méfiant de la Fée et de ses sortilèges, il obtient d'elle la promesse qu'elle ne paraîtra point et n'assistera point invisible à l'entretien qu'il doit avoir avec Silvia (sc. 14). Demeurée seule, la Fée décide de tenir sa promesse, mais de déléguer Trivelin invisible auprès des jeunes gens (sc. 15). C'est en substance ce qu'elle déclare à Trivelin, qu'elle envoie à la rencontre de Silvia (sc. 16). Silvia survient ; la Fée lui ordonne de dire à Arlequin qu'elle ne l'aime pas et va épouser un berger du village. « Je serai, dit-elle, à vos côtés sans que vous me voyiez. » Silvia hésite en pleurant à obéir ; mais menacée de voir Arlequin mourir à ses yeux elle paraît se soumettre aux ordres donnés (sc. 17). Silvia n'a pas le courage de tromper longtemps Arlequin. Trivelin paraît à leurs yeux et se déclare décidé à ne pas servir la Fée en cette affaire-ci. Il conseille aux amants de feindre, et de tâcher de prendre à la Fée, en affectant de jouer, sa baguette magique, afin de la réduire à l'impuissance (sc. 18). Arlequin veut embrasser Silvia, qui le rappelle à la prudence (sc. 19). La Fée et Trivelin paraissant, Arlequin chasse rudement Silvia, qui se retire en riant avec Trivelin (sc. 20). Resté seul avec la Fée, Arlequin feint d'être follement amoureux d'elle, échange en badinant sa batte avec la baguette magique, et ordonne à la « sorcière » de se tenir tranquille, en convoquant tous les autres personnages (sc. 21). Arrivent en effet, non seulement Silvia et Trivelin, mais aussi les danseurs, chanteurs et esprits des scènes précédentes. Après quelques plaisantes menaces et moqueries, Silvia et Arlequin, décidés à être généreux, s'apprêtent à assister au divertissement final en attendant d'aller « *se* faire roi quelque part » (sc. 22).

L'éventail des thèmes

La naissance et les effets de l'amour

L'amour naît subitement. Chez Arlequin et Silvia, dans la comédie de 1720, le regard mutuel fait apparaître à la fois le charme du partenaire, l'attraction du désir et la peur de ne pas être payé de retour. La naïveté de l'un et de l'autre fait qu'aucun obstacle ne s'interpose entre le sentiment éprouvé et son expression (sc. 5). Les leçons d'une mère ou les conseils de réserve d'une cousine sont à l'origine d'un simple jeu imaginé par les amants pour donner plus de piquant à leur dialogue (sc. 11). La Fée, de son côté, s'est éprise d'Arlequin dès le premier regard, parce qu'il est « le plus beau brun du monde » (sc. 1). Dès le premier instant aussi elle a renoncé à la fidélité promise à Merlin et décidé de ruser avec celui-ci jusqu'à ce que le jeune inconnu consente à l'épouser : « l'un me fait oublier l'autre », dit-elle, en ajoutant : « cela est encore fort naturel. » Ainsi, la première scène d'*Arlequin* paraît-elle donner, dans un raccourci saisissant, le schéma de *La Double Inconstance*. Quelques mois avant *Arlequin*, les Italiens avaient représenté une comédie née de la collaboration de Marivaux et du chevalier de Saint-Jorry, *L'Amour et la Vérité*. Le premier air du *Divertissement* final était chanté sur ces paroles tendres et cruelles : « D'un doux regard elle vous jure / Que vous êtes son favori, / Mais c'est peut-être une imposture / Puisqu'en faveur d'un autre elle a déjà souri. » Même tendresse et même cruauté se retrouvent chez les amants et les amoureux d'*Arlequin* : refus de la reconnaissance de tous les personnages envers ceux qui les aiment et qu'ils n'aiment point, alternance à leur égard de la ruse qui fait échapper à leur prise et de la brutalité de geste ou de parole qui les humilie. L'éducation d'Arlequin par l'amour le conduit aussi bien qu'Agnès à découvrir les détours de la tromperie et les traits acérés de la cruauté. Paradoxalement, l'amour est tout à la fois découverte émerveillée de l'autre et de la joie de tout donner mais aussi accession à la conscience égoïste de soi. Du moins, mais *in extremis,* l'amour partagé et heureux peut-il inspirer le sens de la « compassion » et du « pardon » (sc. 22). Ainsi la dernière scène d'*Arlequin poli par l'amour* paraît annoncer celle de *L'Ile des esclaves* (1725), où la « paix » se conclura grâce à la « vertu » des serviteurs enfin réconciliés avec leurs maîtres.

L'évocation de l'amour est certes plus nuancée dans *La Double Inconstance.* Le seul personnage en qui le sentiment naît dès le premier instant et parvient aussitôt à se nommer est le Prince : « Je fus enchanté de sa beauté et de sa simplicité, et je lui en fis l'aveu » (I, 2). Quand Arlequin conte à Lisette son histoire d'amour avec Silvia, il convient que le cœur de la jeune fille est allé « plus vite qu'elle » ; mais il détaille les étapes de sa découverte progressive du sentiment (I, 6). Flaminia prend « du goût » pour Arlequin en jouant d'abord avec lui la comédie de l'amitié (III, 1). L'amour d'Arlequin pour elle, avant de se déclarer, prend les chemins de l'amitié (I, 13), de la jalousie (II, 7 et III, 2 et 3), de la compassion (III, 5 à 7). Celui de Silvia pour le prétendu « officier du palais » est avoué d'abord comme hypothèse aussitôt rejetée : l'homme était de « bonne façon » et donc acceptable pour une jeune fille qui n'eût point aimé Arlequin (II, 1). Il se découvre progressivement à elle par les biais de la vanité blessée (II, 2), de l'ennui, partagé mais inconscient, dans les conversations avec Arlequin (II, 9) et d'une jalousie qui n'ose pas dire son nom (II, 10). Dans le double itinéraire des jeunes gens, il y a comme une inversion de l'intrigue d'*Arlequin poli par l'amour* : l'amour y était à l'origine des inquiétudes de la jalousie et des exigences de l'affirmation de soi en face des rivaux ou des importuns ; ici, au lendemain de la fructueuse expérience de *La Surprise de l'amour,* ce sont les « épreuves » de l'humiliation et de la jalousie, mais également les illusions de l'amitié et de la tendresse apitoyée qui conduisent à la découverte de ce que Silvia appelle plusieurs fois la « vérité » (III, 9 et 10), c'est-à-dire de l'amour.

Éléments de satire sociale

Dans *L'Ile des esclaves*, Marivaux fera dire à l'un de ses personnages : « La différence des conditions n'est qu'une épreuve que les dieux font sur nous. » A l'époque d'*Arlequin poli par l'amour*, il n'a pas encore commencé la publication de ses feuilles satiriques. Pourtant, la comédie, dans un cadre général impliquant grossissement des effets, simplification du cadre social et logique parfaite dans le déroulement des événements, campe un univers humain parfaitement plausible : le monde des fées et des enchanteurs permet d'évoquer la puissance et les caprices des grands ; la Fée croit d'abord que les rapports de force peuvent tenir lieu de rapports affectifs ; Arlequin est un manant totalement dépourvu de compréhension et d'intérêt pour le monde des grands ; Silvia au contraire conçoit une crainte respectueuse pour les gens du château. Pourtant, le jeune paysan connaît mieux ses maîtres que ses maîtres ne le connaissent : il sait prendre la Fée par ses points faibles et tirer d'elle un serment qui la liera (sc. 14) ; quand il a mis au point sa tactique, c'est encore l'habile flatterie qui lui permet de s'emparer de la baguette de la « sorcière » (sc. 21) ; c'est encore Arlequin qui permet à Silvia de découvrir et de dénoncer l'artifice et le convenu des belles manières des grands et de leur prétendue morale en la transposant dans le style du jeu comique (sc. 11). Aussi bien Silvia imagine-t-elle quelques instants plus tard un rassemblement des « bergers du hameau » qui pourrait fort ressembler à une jacquerie, et qui rappelle les scènes les plus audacieuses du *Jeu de Robin et de Marion*, l'insolente pastourelle d'Adam le Bossu (XIIIe siècle). Le sortilège de la magicienne qui l'empêche alors de marcher n'est que la transposition mythique de l'arbitraire princier (sc. 13).

La Double Inconstance présente de manière beaucoup plus explicite la « différence des conditions » et leur possible accord. Entre 1720 et 1723, Marivaux a publié une grande partie des « feuilles » de son périodique, *Le Spectateur français*. Dès la première (mai 1721), il retrouvait le ton de La Bruyère pour évoquer la misère d'un « honnête homme » obligé de quêter les faveurs d'un grand ; dans la troisième (janvier 1722), il opposait la « composition » de « vanité » d'une coquette au beau visage d'une femme qui ne doit son attrait qu'à la « nature » ; dans la cinquième (avril 1722), il conjurait les « princes de la terre » de savoir être « doux, affables, généreux, compatissants », et de posséder le don de se faire aimer que les contemporains attribuaient comme lui au jeune Louis XV. Au moment où les Italiens représentent pour la première fois *La Double Inconstance*, le « bien-aimé » vient d'être sacré et déclaré majeur. Sans nul doute le dramaturge entend-il dans sa comédie, qu'on joua plusieurs fois devant la cour, encourager son prince à poursuivre l'œuvre de simplification des rapports sociaux qu'avait entreprise le Régent Philippe. Ainsi peuvent s'expliquer les nombreux traits de satire qui relèvent la pièce, qu'il s'agisse des premières rencontres de Silvia et d'Arlequin ou des fictions liées à la comédie intérieure mise en scène par Flaminia : Arlequin se moque des « canailles » en livrée (I, 9), des « polissons » qui « portent la queue » des dames (II, 5), des seigneurs qui craignent d'être éloignés d'une cour où l'on ne fait que médire les uns des autres (II, 7) ; il doute de l'« honneur » des grands qui s'amusent à faire bâtonner leurs sujets, confondent la « générosité » et l'assassinat rituel, et croient se faire aimer quand ils ne font que se faire craindre (III, 4) ; la coquetterie et la vanité des dames de la cour lui font horreur (I, 6), aussi bien qu'à Silvia (II, 1 et 10). Tous deux se demandent si les humbles, ou les « bourgeois » de village ne sont pas plus heureux que les hommes et les femmes qui touchent de près au pouvoir (I, 1) ; ils font passer la bonne entente d'un couple sans histoires avant les avantages de la richesse (I, 4) ; ils savent plaindre les princes en leurs chagrins (III, 5 et 9). Mais enfin l'un comme l'autre sont humains : ils aiment les parures (II, 4), les bons repas (I, 13), et sont, malgré leurs préventions de roturiers et leur bon sens de simples gens, sensibles aux honneurs et plus vulnérables qu'ils ne le voudraient à la flatterie. C'est que la morale du sentiment, dans le théâtre de Marivaux, arrange bien des choses : la « sensibilité » d'Arlequin (III, 5) et la « tendresse » de Silvia (III, 9) les assurent de la « bienveillance » du souverain et de toute la popularité désirable auprès de ses sujets (III, 10). Il y a, dans *La Double Inconstance*, tous les ingrédients qui ont fait en notre siècle le succès de *Sissi impératrice*.

La sagesse de Marivaux

Le tendre père du *Jeu de l'amour et du hasard* aura pour maxime : « Dans ce monde, il faut être un peu trop bon pour l'être assez. » La phrase paraît résumer la sagesse du dramaturge dès les années 1720.

Il a jeté un regard sans indulgence sur la société et sur l'homme en général. Il sait que toute hiérarchie sociale ou morale est trompeuse. Il connaît la fragilité de l'homme, sa soumission aux préjugés, et la duplicité qu'il pratique avec la naïve rouerie d'un Arlequin ou l'hypocrite coquetterie d'une Lisette. Il ne croit guère à la « générosité » des anciens âges ni à la prétendue discipline du stoïcisme qu'il raillera dans *La Seconde Surprise* et dans *Le Triomphe de l'amour*. Il n'est pas dupe des principes et des systèmes, masques trop souvent de l'avarice, de la volonté de puissance, de l'abandon aux impulsions du cœur ou du corps.

Mais ce regard est celui de l'humour : il n'y a pas de véritable pessimisme chez Marivaux. Il parvient à découvrir sous les vanités de l'homme la vérité d'une « nature » humaine dont les faiblesses sont excusables à condition qu'on sache les admettre. Aussi ne remet-il pas fondamentalement en cause l'organisation sociale, non plus que les manquements de l'homme à ses serments. La Fée est impitoyable et Flaminia sait être cruelle. Mais leurs charmes et leurs mensonges servent du moins à faire que se manifeste la vérité des cœurs. Quand chez lui un personnage « sympathique » s'abandonne au changement, c'est pour mieux prendre conscience de ce qu'il est. La philanthropie de Marivaux est fondée sur un indulgent relativisme.

Regard et sourire, la sagesse des arlequinades de Marivaux est aussi acte de foi : il croit en la simple bonté ; la vengeance, dans son théâtre, est totalement absente ou se réduit à des velléités sans suite. Il croit à la valeur de l'intelligence et du bon sens : la naïveté d'Arlequin et de Silvia est aussi nécessaire à l'heureuse évolution de l'intrigue que les ruses bien intentionnées de Flaminia. Il est enfin le poète de la sensibilité : ses personnages ont le besoin de la vie en société et du minimum de confiance et de confidence qu'elle suppose ; leur intuition de l'amour et de l'abandon qu'il entraîne est un pari sur la vie tout court ; la connaissance d'eux-mêmes qu'ils parviennent à conquérir garantit l'authenticité de leur attitude finale, et leur promet une forme de bonheur à leur mesure.

Dans la sagesse de Marivaux, le réalisme d'une vertu relative s'unit à l'idéalisme qui veut qu'une harmonie soit possible entre les exigences du corps, du cœur et de l'esprit.

Les personnages

Le théâtre que Marivaux destine aux Italiens doit tenir compte de la personnalité des acteurs amenés à l'interpréter, des emplois qu'ils représentent et des traditions de jeu où ils s'inscrivent. Aussi étudiera-t-on parallèlement les rôles qu'ils assument dans les deux comédies, en privilégiant les quatre protagonistes, Flaminia, Trivelin, Arlequin et Silvia.

Les rôles principaux et leurs créateurs

Les rôles de **la Fée** et de **Flaminia** ont été créés par Elena Balletti, épouse du chef de troupe Luigi Riccoboni, dit Lelio. Elle ne porte que dans *La Double Inconstance* son nom de théâtre de Flaminia. Elle a dépassé la trentaine, mais sa belle taille, sa culture et son esprit lui donnent dans la troupe une incontestable autorité. Elle tient l'emploi de « première amoureuse ». Mais la plasticité de son talent lui permet de représenter également les grandes dames (elle sera la Princesse de Babylone dans *Le Prince travesti* en 1724), les suivantes spirituelles (Colombine de *La Surprise* en 1722) et les confidentes et conseillères des princes, comme dans *La Double Inconstance*. La Fée d'*Arlequin poli par l'amour* est habitée par une passion irrésistible et en apparence toute charnelle. Mais en dépit des analogies de situation elle ne connaît pas les emportements de Roxane ou de Phèdre. La passion ne l'aveugle pas : elle sait qu'il lui faut ménager son amant en titre, Merlin (sc. 1). Elle entend faire l'éducation du jeune Arlequin : leçons de maintien, auditions musicales et spectacles de ballet. Quand elle soupçonne Arlequin d'en aimer une autre, elle sait se servir de la ruse (autant que de ses pouvoirs surnaturels) pour s'éclairer et pour épier le jeune homme ou le faire surveiller sans qu'il s'en doute. Mais elle s'embarrasse elle-même, comme faisait Arnolphe et comme fera le Bartholo du *Barbier de Séville*, dans la trame qu'elle a ourdie. A l'avant-dernière scène, l'échange de sa baguette contre l'« épée », c'est-à-dire la batte d'Arlequin, symbolise le triomphe de l'esprit naturel et de la bonne santé sur les artifices de celle qui sera désormais désignée comme une « sorcière ». Dans *La Double Inconstance*, Flaminia paraît avoir bénéficié de l'expérience du rôle de Colombine qui, dans *La Surprise*, sait « donner la question » aux maîtres pour leur faire prendre conscience de leur amour. Le compte rendu du *Mercure* (avril 1723) la présente comme « dame de la cour de Lélio » ; les éditions collectives du théâtre de Marivaux (1732 et 1758) comme « fille d'un domestique du prince ». Le texte de l'édition originale ne permet guère de trancher. Il est sûr que Flaminia a toute la confiance de son maître et qu'elle s'entretient avec lui sur le ton d'une déférente familiarité. Si elle sert ses amours en montant une série de petites comédies destinées à séparer Silvia et Arlequin, elle entend confirmer aussi par là sa doctrine sur la coquetterie féminine (I, 2) et sur l'art de séduire les jeunes hommes (I, 8). D'un bout à l'autre, elle joue auprès des amants un rôle au second degré, en se prétendant leur complice, en s'inventant un amant disparu qui ressemblait à Arlequin (I, 11), en se disant condamnée à l'exil (III, 7). Les limites entre la feinte et la vérité sont dans son cas malaisées à définir : Flaminia, devant ceux à qui elle n'a rien à cacher, le Prince, Trivelin et Lisette, ne donne que les grandes lignes de son plan et sa philosophie globale. Comme la Fée, elle s'embarrasse enfin dans la trame qu'elle a ourdie ; mais cet embarras est heureux et confirme plaisamment la doctrine qu'elle professait : elle tombe vraiment amoureuse d'Arlequin (III, 1). Par là, cette sorcière du cœur devient une bonne fée qui a contribué au bonheur des autres et assuré en même temps le sien.

Commentaires

Le **Trivelin** des deux comédies était joué par un acteur né en France, Pierre-François Biancolelli, dit Dominique, et fils de l'interprète d'Arlequin des comédies italiennes du XVIIe siècle. Acteur expérimenté (il a joué à la Foire), d'âge mûr, Trivelin-Dominique est parfaitement à son aise dans les rôles de domestiques ou d'« officiers » de bon rang, de ces gens qui, comme le Valère de *L'Avare*, gagnent la confiance du maître de la maison. Dans *Arlequin poli par l'amour*, il est d'abord, en effet, le confident désinvolte des nouvelles amours de la Fée, ce qui lui donne l'occasion d'exposer avec humour la situation (sc. 1). Mais il ne fallait pas sans doute que le personnage fût entraîné dans la disgrâce de sa maîtresse. C'est à lui que revient le soin de faciliter le dénouement en donnant aux deux « enfants » le moyen de l'emporter sur elle. Dans *La Double Inconstance*, le rôle de Trivelin est plus cohérent. Il lui échoit d'essayer de convaincre tour à tour Silvia et Arlequin de l'intérêt qu'ils ont à renoncer l'un à l'autre. Non sans naïveté : il prend Silvia pour un « prodige » de la nature, et Arlequin pour un rustaud qu'on devrait « réduire » par la force (I, 2). Il joue ensuite le rôle de « valet » du « seigneur Arlequin », auprès duquel il introduit Lisette l'« éveillée » (I, 6), et le Seigneur qui prétend être menacé d'exil par le Prince (II, 7). Il accompagne encore Arlequin au cours de ses déplacements dans le palais, occasion pour celui-ci de railler les étranges coutumes des gens de cour et de jouer du bâton sur les épaules de son trop zélé serviteur (I, 9 et III, 2). Dans la dernière scène où il paraît (III, 2), il affecte d'être amoureux de Flaminia : préparation de la scène de déclaration mutuelle d'Arlequin et de sa nouvelle amie, où celle-ci se prétend « trahie » auprès du Prince par le « jaloux » (III, 7). Les échecs apparents de Trivelin et les humiliations qu'il veut bien subir tirent leur efficacité réelle de leur insertion dans les « tours » joués par Flaminia aux jeunes gens et à leur amour.

Arlequin est joué à la création par Antonio Vicentini, dit Thomassin. Petit, agile, gracieux sous le masque sombre de l'Arlequin traditionnel, l'acteur, alors âgé d'une quarantaine d'années, imposait à Marivaux un certain personnage et un certain jeu. Arlequin n'est pas ici un valet, comme dans la plupart des comédies à l'italienne du dramaturge. Il est un jeune homme simple, d'origine villageoise, en qui Marivaux, comme ses contemporains, voit une sorte de symbole de la nature. Dans la comédie de 1720, il est d'abord un enfant innocent ; il cherche le plaisir dans le sommeil, les bons repas, la possession d'objets brillants, comme la bague de la Fée (sc. 2) ; il s'ennuie vite ; la musique ne le touche pas (sc. 3) ; il ignore ce qu'est l'amour, bien qu'au moment où une bergère chante « Aimez, aimez, rien n'est si doux », il réponde : « Apprenez, apprenez-moi cela » *(ibid.)* ; son affectivité reste limitée à l'amour pour ses parents *(ibid.).* Étant tout neuf, dès la rencontre avec Silvia, même s'il ne peut encore donner un nom à ce qu'il éprouve, il suit son plaisir avec une totale spontanéité ; quand il se croit trompé, la tristesse qui s'empare de lui est aussi touchante que celle de Britannicus dans une situation analogue (sc. 18). Son éducation lui donne certes le sens du mensonge et lui inspire la tentation de la vengeance : mais sa sensibilité l'amène enfin au pardon. Ces traits demeurent dans *La Double Inconstance*, à cela près qu'Arlequin y passe, non de l'innocence des enfants à la conscience de soi des adolescents, mais de la naïve croyance à l'éternité de l'amour à la découverte d'un sentiment nouveau. L'analogie n'en demeure pas moins frappante d'une « éducation » à l'autre. Le second Arlequin est au départ ancré dans une série de certitudes, sur son cœur, sur celui de Silvia, sur ce que devraient être et ce que sont en réalité les gens de cour ; il est progressivement ébranlé dans toutes ces croyances, sans céder pourtant avant d'être convaincu au dernier acte par les mouvements de sensibilité qui le portent à donner Silvia au Prince (III, 5) et à retenir Flaminia pour être à son côté dans la prétendue épreuve de l'exil qui la menace (III, 7).

Silvia est le nom de théâtre de Gianetta Benozzi, née en 1700, qui fut l'interprète préférée de Marivaux. Dès *Arlequin poli par l'amour*, son personnage présente des particularités qui tout à la fois font apparaître sa parenté d'esprit avec Arlequin et la discrète féminité qui l'empêche de s'abandonner aussi vite que lui à la passion. Elle est informée de ce qu'est l'amour, des dangers que peut faire naître une confiance excessive en l'être qu'on aime, des conventions sociales qui codifient l'aventure sentimentale. Mais elle est incapable de mentir, même quand les mensonges lui sont imposés sous la menace (sc. 18). C'est elle qui au dénouement inspire à Arlequin des sentiments de pitié envers la Fée. Dans *La Double Inconstance*, elle a pris de nouvelles dimensions, inspirées peut-être à Marivaux par le talent manifesté par l'actrice dans *La Surprise de l'amour*. Elle est déjà ce personnage qui s'épanouira dans *Le Jeu de l'amour et du hasard*, qui croit connaître son cœur et ses sentiments, tout en s'inquiétant des troubles intérieurs qui font naître en elle le désarroi. Sa progressive découverte n'est pas seulement celle de l'amour secret qu'elle éprouve pour l'« officier du palais », mais aussi celle de ses exigences de femme : elle a le souci de sa parure (II, 4), elle supporte mal la moquerie (II, 2), elle connaît la colère et le mépris (II, 11). Du moins, comme ce sera le cas dans *Le Jeu de l'amour et du hasard*, ces « défauts » et ce manque de sang-froid apparaissent-ils au dénouement comme l'envers obligé de la « sensibilité ».

Utilités et faire-valoir

Les chanteurs, danseurs et lutins d'*Arlequin poli par l'amour* font songer aux acteurs des divertissements des comédies-ballets de Molière ou à ceux des spectacles de la Foire. Ils transposent de plus les bergeries et les scènes infernales des opéras mythologiques de Lulli et Quinault. Jean-Joseph Mouret, qui en composa la musique, était parfaitement versé dans les genres de l'opéra et du jeune opéra-comique. Enfin, comme les intermèdes de *La Princesse d'Élide* de Molière (1664) où la noblesse des airs de Lulli était plaisamment opposée à la naïve rusticité de Moron, les divertissements d'*Arlequin* font valoir le jeu et les réflexions comiques du protagoniste. Les deux personnages épisodiques du *Berger* et de la *Bergère* (sc. 4 et 9) n'ont pas d'autre fonction que de faire connaître l'état du cœur de Silvia avant la rencontre avec Arlequin (« vous m'entretenez d'une chose qui m'ennuie ») et de sa conscience après sa première expérience amoureuse.

Le Seigneur de *La Double Inconstance*, sans doute

interprété par Mario, le beau-frère de Luigi Riccoboni, n'est que personnage au second degré, engagé par Flaminia pour flatter la vanité d'Arlequin, éveiller son estime pour un rival princier et l'aider, par le biais de la jalousie, à prendre conscience de son nouvel amour.

Lisette est un nom de soubrette de comédie, vive et point trop embarrassée par les scrupules, qu'on rencontre notamment chez Dancourt, Lesage et Regnard. Le rôle appartient, au moment de la création, à la femme de Thomassin, Violette. Dans *La Double Inconstance*, elle est la sœur et la complice de Flaminia. Sa coquetterie naturelle l'empêche de réussir dans sa tentative de séduction auprès d'Arlequin (I, 6). En revanche, elle est parfaite dès lors qu'en « dame de la cour » elle pique la vanité (II, 2), puis la jalousie (II, 10) de Silvia. Personnage plus complexe qu'il ne semble, dans la mesure où l'actrice de la comédie intérieure laisse entrevoir une personnalité qu'elle ne peut dominer en jouant les amoureuses naïves, mais qu'elle parvient à accentuer en jouant les dames de cour vaniteuses.

Le Prince a été créé par Lelio, le chef de la troupe. Bien que ses amours soient le sujet même de la comédie, il n'en est pas le personnage principal. Héros de roman ou de conte pastoral dans les événements racontés au premier acte (les rencontres avec Silvia), il consent jusqu'aux toutes dernières scènes à prolonger son personnage d'« officier du palais ». C'est Flaminia qui l'instruit de son rôle (I, 2 et 8). Ses dialogues avec Silvia (II, 2, 3 et 12) l'obligent à concilier la vérité du sentiment qu'il éprouve et la feinte qui le présente comme le rival d'un plus puissant que lui. Dans une première version de la comédie, il se découvrait aux yeux de Silvia dès la fin du premier acte. Chargé par elle de convaincre Arlequin au renoncement, il s'attendrissait devant le jeune homme : « Peu s'en faut, écrit le rédacteur du compte rendu du *Mercure*, qu'il ne cède sa maîtresse. » Cette dernière scène a été conservée (III, 5) ; mais l'ignorance de Silvia sur l'identité de son amoureux implique, dans ce dialogue, que le Prince tente de convaincre Arlequin de son propre mouvement et sans l'aveu de la jeune fille. Le spectateur voit mieux triompher, dans le texte définitif, les valeurs de sympathie et généralement de sensibilité qui permettent de pardonner au Prince comme à Flaminia, et aux jeunes gens eux-mêmes.

Le travail du poète dramatique

Les trois premières comédies à l'italienne de Marivaux ont des visées comparables : éclairer sur « l'état de leur cœur » des êtres d'abord ignorants de l'amour *(Arlequin poli par l'amour)*, ou décidés, après de décevantes aventures, à renoncer à tout attachement *(La Surprise de l'amour)*, ou persuadés qu'un premier amour les garantit de nouvelles expériences sentimentales *(La Double Inconstance)*. Tous les éléments dont se constituent ces comédies sont soumis à la réalisation de ce dessein. On a vu comment s'organisait en ce sens la constellation des personnages. Il reste à examiner leurs actions, à analyser leurs propos, à dégager enfin les principes du discours comique de leur créateur.

Effets de structure

Le cheminement d'une comédie de Marivaux est comparable, dans sa rigueur, à celui d'une tragédie de Racine. L'issue en est inscrite dans les données premières, sous le masque, sous les préjugés ou les illusions, sous l'ignorance. L'intrigue progresse selon les métamorphoses successives d'un langage d'abord faussement simple, puis ambigu, puis à nouveau simple, mais à un niveau de profondeur nouveau. Il en est bien ainsi dans *Arlequin* et dans *La Double Inconstance*.

Les changements de décor, dans la première comédie, déterminent cinq tableaux successifs : trois d'entre eux se déroulent dans le jardin de la Fée et les deux autres dans la prairie où Silvia fait paître ses moutons. Le premier de ces lieux symbolise l'artifice social et magique ; le second l'innocence pastorale. Arlequin passe du jardin à la prairie avec la permission accordée un peu légèrement par la Fée (« laissez-le se promener où il voudra », sc. 3) ; l'action est apparemment continue : le temps d'une conversation entre le berger et Silvia suffit au passage d'Arlequin d'un lieu à l'autre. Il revient au jardin de la Fée aussi lestement : un court dialogue de celle-ci avec Trivelin (sc. 6) suffit lui aussi à ce nouveau passage. Arlequin s'échappe à la fin de la scène 7 en prétendant aller « dormir sous un arbre », et Trivelin et la Fée s'apprêtent à le suivre pour découvrir le refuge des amants (sc. 8). Arlequin arrive à nouveau dans la prairie où il a d'abord vu Silvia, en laissant le temps d'un dialogue de celle-ci avec sa cousine : l'intérêt structurel de cette scène (sc. 9) est analogue à celui du dialogue avec le berger. Mais le dialogue des jeunes gens est interrompu par l'arrivée de la Fée, qui a franchi pour son malheur la frontière entre l'Eden pastoral et l'Enfer magique : elle emmène Arlequin (sc. 12) et Silvia est enlevée par des lutins (sc. 13) : après un « acte » d'exposition, un « acte » où l'action s'engage, un « acte » où elle se noue quand s'éveille la jalousie de la Fée, un « acte » de crise où elle éclate, les neuf dernières scènes constituent l'« acte » du dénouement où les amants, sur le point d'être convaincus et punis, parviennent, avec la complicité inattendue de Trivelin, à triompher de leur persécutrice (sc. 14 à 22). La progression de l'intrigue, dans *Arlequin poli par l'amour*, est comparable à celle de *Britannicus* : il n'y manque que le dénouement funeste.

La progression de *La Double Inconstance* repose sur des principes sensiblement différents. Mais elle est aussi rigoureuse, quoique procédant de l'esthétique traditionnelle de la comédie plutôt que de la transposition optimiste de l'esthétique de la tragédie. Le rythme est rapide. Tout se règle en une journée : on commence à l'aube (Silvia a refusé de prendre son « déjeuner ») ; le « dîner » (c'est-à-dire le repas de la mi-journée) a lieu entre les deux premiers actes ; les deux derniers sont séparés par un « divertissement » que le Prince est censé offrir à Silvia. Les scènes, à l'intérieur de chacun des actes, sont liées entre elles, qu'il s'agisse, dans la plupart des cas, de liaisons de présence, ou, à trois reprises (I, 3-4 ; I, 8-9 ; III, 1-2), de liaisons « de vue », où c'est toujours l'arrivée d'Arlequin qui est annoncée. Ces scènes sont nombreuses (35 au moins, en ne comprenant pas les courts moments où un personnage demeure seul après la sortie de l'interlocuteur, ni les dialogues où n'interviennent que deux ou trois des acteurs présents sur le plateau). Elles ne font intervenir qu'un petit nombre de personnages (trois seulement exigent la présence de quatre acteurs, et seule la dernière rassemble les quatre protagonistes du jeu amoureux). A intervalles réguliers, deux personnages livrent leurs réflexions au public, soit au début, soit en fin de scène : Arlequin, avec une « naïveté » qui souligne la convention du monologue à haute voix ; et Flaminia qui, au début de II, 5 et de III, 8, fait le point sur ses véritables sentiments. Régulièrement encore, la machiniste Flaminia entretient le Prince de ses projets et de leur issue (I, 2 ; I, 8 ; III, 1). Toutes les autres scènes appartiennent à l'ensemble des petites comédies intérieures qui ont pour objet de faire évoluer les sentiments d'Arlequin et de Silvia. On note enfin que les entrées en scène immédiatement annoncées sont dans la plupart des cas celles de Silvia et d'Arlequin, ou de ceux qui entendent les flatter ; en revanche, les entrées non annoncées, qui amorcent des scènes de bilan ou des dialogues décisifs pour l'évolution du jeu, sont celles des metteurs en scène des comédies enchâssées, Trivelin ou Flaminia ; une exception, mais de taille : celle d'Arlequin à la dernière scène, au moment précis où Silvia et le Prince viennent d'échanger les aveux décisifs.

Ces divers effets de tempo dramatique définis, on constate que chacun des trois actes correspond à une étape de l'aventure amoureuse : le premier est celui des échecs et des projets : l'entreprise de persuasion de Trivelin échoue auprès de Silvia et auprès d'Arlequin (I, 1 et 4) ; la tentative de séduction d'Arlequin par Lisette ne réussit pas mieux (I, 5 à 8) ; la fin de l'acte engage le second projet de Flaminia et pose les jalons d'une tendresse qu'on doit croire d'abord affectée envers le jeune couple. Le second acte est celui des épreuves ; Flaminia y est presque toujours présente, soit auprès d'Arlequin, soit auprès de Silvia, par instants relayée ou doublée par Trivelin, l'« officier du palais », Lisette et le Seigneur prétendument persécuté par le Prince ; la dernière scène, comme les dernières du premier acte, prépare les événements décisifs du dernier, qui est celui du triomphe de l'amour et de la constitution prévue des deux couples. Le jeu des masques empruntés et des feintes successives aboutit à la découverte de la vérité.

Il y a cependant des limites aux jeux du mensonge volontaires ou inconscients et aux rôles assumés ou imposés des divers personnages. Ceux qui se réduisent au masque dont on les affuble, Lisette et le Seigneur, disparaissent purement et simplement une fois leur rôle achevé, et Trivelin lui-même ne reparaît plus après son ultime entretien de III, 2. En revanche, les quatre personnages principaux parviennent à se transformer sans jamais renoncer à ce qu'ils étaient : l'« officier du palais » a bien servi le Prince ; dans le mensonge objectif de cette personnalité empruntée celui-ci a saisi l'occasion d'une aventure amoureuse en elle-même parfaitement sincère ; ses derniers entretiens avec Arlequin et avec Silvia le montrent tout à la fois sensible au chagrin des autres et soucieux de conclure une intrigue dont il sait qu'elle apportera le bonheur à tous trois, et à Flaminia par surcroît ; de ce point de vue, le moment le plus intéressant du dernier acte n'est peut-être pas celui où il se découvre en face de Silvia, mais celui où, s'étant déjà découvert en face d'Arlequin, il affecte encore d'en vouloir à Flaminia de l'amitié qu'elle a témoignée aux jeunes amants (III, 5, dernières répliques). Flaminia joue encore la comédie aux toutes dernières scènes, en mimant le désespoir avec Arlequin (III, 7) et en se refusant, auprès de Silvia, à faire cesser les illusions de la jeune fille sur Arlequin et son erreur sur la personnalité de l'« officier du palais » (III, 8) ; or elle est à ce moment assurée des sentiments d'Arlequin pour elle et de Silvia pour son nouvel amoureux : c'est que cette comédie reste efficace jusqu'au bout, comme révélateur des sensibilités de chacun ; aussi bien ne la reniera-t-elle pas lors de sa réapparition muette à la dernière scène. De leur côté, Arlequin et Silvia ne renient pas ce qu'ils ont été quand ils découvrent ce qu'ils sont : « Je n'y comprends rien », dit Arlequin (III, 7) ; et Silvia : « J'ai le cœur tout entrepris » (III, 10). Mais Arlequin a conscience d'être « innocent » (III, 7) et Silvia de n'être pas « blâmable » (III, 8). Il y avait une sorte de vérité dans leurs premières amours. Ils en ont découvert une autre.

Toutes deux sont également authentiques. Ils n'ont pas besoin d'être désabusés pour accéder à la sincérité du cœur. Qu'importe donc, au dénouement de *La Double Inconstance*, que Lisette ait feint d'aimer Arlequin ou d'être tombée amoureuse du Prince ? que Flaminia ait permis qu'on la présente comme aimée de Trivelin ou promise à un noble de campagne ? L'essentiel est que deux couples heureux se soient constitués.

L'écriture et les sources du comique

Dès ses premières œuvres, Marivaux a su imposer un langage de comédie qui lui est à ce point personnel qu'on l'a vite désigné, en voulant louer sa délicatesse ou railler son ingéniosité, comme le « marivaudage ». La formation de l'écrivain et ses premières expériences littéraires lui donnaient la possibilité de jouer de registres très différents. Sa connaissance du théâtre italien et des possibilités vocales et gestuelles des acteurs de la troupe de Lelio l'assurait de l'efficacité dramatique de son écriture et des jeux qui devaient accompagner les propos de ses personnages. Enfin le choix qu'il faisait d'un genre susceptible d'éveiller le rire ou le sourire l'obligeait à une mise en valeur des effets comiques les plus efficaces auprès du public de son temps.

Les éléments de « naturel »

Les mots de « nature » et de « simplicité » reviennent souvent sous la plume de Marivaux et dans la bouche de ses personnages. Ils impliquent la recherche d'une prose la plus proche possible du langage parlé et la mieux conciliable avec les aspects non verbaux de l'échange entre interlocuteurs. Marivaux refuse l'éloquence. Sauf exceptions, il pratique la phrase courte, dépourvue d'incidentes, mais usant des outils dont la conversation courante use volontiers : exclamations, incises familières, présentatifs imposant à la phrase un rythme allègre : dans le rappel fait par Trivelin de la découverte d'Arlequin par la Fée, les « Oh ! », les « Eh ! », les « Mais oui » ponctuent le discours, les membres de phrase se suivent avec une extrême économie de liaisons logiques, le présent l'emporte. Dans la même comédie, les répliques d'Arlequin sont parfois réduites à des onomatopées, ou à des affirmations d'une simplicité extrême (« Je m'ennuie » ; « Je sens un grand appétit »), dont la sobriété est compensée par le geste gratuit ou la mimique expressive. La sobriété des propos donne souvent au dialogue un tempo rapide et aisé (*Arlequin*, sc. 5). Quand ils s'étoffent, le jeu des exclamations, des interrogations, du parallélisme et de la parataxe les empêche de céder à la pente du « littéraire » (voir les répliques de Silvia dans *La Double Inconstance*, I, 12). Le naturel de Marivaux, c'est enfin la mesure : le ton et le vocabulaire ne grimpent pas jusqu'au sublime, même quand la situation est pathétique : on peut comparer ici l'expression du désespoir de la Fée (*Arlequin*, sc. 8) aux grands monologues des jalouses de Racine. Inversement, les mots familiers d'Arlequin ou de Silvia, leurs expressions d'allure proverbiale, leurs récits d'apparence naïve ne descendent jamais au registre du vulgaire : dans *La Double Inconstance*, l'évocation par Silvia de ses amours avec Arlequin ou par Arlequin de l'histoire des siennes (I, 1 et 6) associe le sens du concret et la pudeur dans l'expression des élans du cœur.

Les effets de la double entente
Si Marivaux « casse » les procédés de la rhétorique et « tord le cou » à l'éloquence, il garde quelque chose de la tradition baroque, précieuse ou burlesque qui joue ironiquement du décalage entre sens premier et sens second, entre gravité du thème et familiarité du ton, entre trivialité de l'objet et délicatesse de son expression. Quand Flaminia dit à Arlequin : « Vous me faites tristement ressouvenir d'un amant que j'avais, et qui est mort » (I, 11), le spectateur peut se rappeler la tradition romanesque issue de *L'Astrée* ou telle élégie de La Fontaine, quand les héroïnes déplorent longuement la perte de l'être aimé ; mais la légèreté et la pudeur (apparente) du ton empêchent l'émotion de se faire trop forte : le pathétique sous-jacent à de telles répliques est comme gommé. La montée du désir chez une jeune fille est traduite par ce « lourdaud » d'Arlequin avec une discrétion dans la vivacité qui fait paraître presque indécent le langage de cour de Lisette : « elle me donnait des regards pour des paroles, et puis des paroles qu'elle lais-

sait aller sans y songer, parce que son cœur allait plus vite qu'elle : enfin c'était un charme, aussi j'étais comme un fou » (I, 6). Ces « corrections » du langage tragique ou farcesque ont pour effet de créer l'unité générale du discours marivaudien, cette harmonie qu'on a longtemps prise pour de la monotonie. Elles ne sont pourtant pas « innocentes » : le langage de la juste médiocrité est en réalité un langage double ; aussi éveille-t-il des malentendus, aux divers sens du terme : c'est tantôt un langage et des attitudes codés qu'on ne comprend pas (voir la surprise d'Arlequin à contempler le bariolage des livrées (I, 9) ou le page qui porte la traîne d'une grande dame (II, 5) ; tantôt le malentendu sur des mots qui dans les différentes classes de la société ont des acceptions différentes (par exemple les mots « honneur », « honnête », « gloire » en II, 7) ; mais c'est surtout la double entente involontaire, qui fait que le personnage ne s'entend pas bien lui-même. Quand Silvia dit à propos de l'« officier du palais » : « c'est dommage que je n'aie pu l'aimer dans le fond » (II, 1), Flaminia et le spectateur traduisent : « J'aime le Prince. » Les mots d'« amitié », de « bons accords » et d'« honnêteté » et l'idée arlequinesque d'une « partie carrée » (II, 9) doivent être compris comme « amour », « arrangement complaisant », « indulgence à l'infidélité » et « échange des partenaires entre deux couples ». Le langage d'Arlequin et de Silvia, au deuxième acte de la comédie, fait songer à une chrysalide dont l'auteur sait et le spectateur soupçonne qu'il doit sortir un papillon. Celui-ci pourtant ne déploiera ses ailes qu'après le dénouement. Son éclosion s'exprime, aux dernières scènes, par un nouveau langage à décoder, celui du désordre et de l'inquiétude : discours du désarroi qu'on doit se garder de prendre à la lettre, et qui n'est que le premier balbutiement de la parole adulte et heureuse. Quand Arlequin dit « Cela me confond » (III, 7) ou Silvia « il n'y a plus de raison à moi » (III, 10), le langage n'est plus celui de la transparente ironie, mais celui de l'humour sensible.

Le comique de Marivaux

Ces divers modes de l'échange, dans le dialogue de Marivaux, prolongent certes les procédés hérités du comique : exploitation de l'expression plaisante, transposant le langage populaire, pastichant ou parodiant le langage noble ; usage du déguisement verbal ; dialogues bâtis en opposition ou en parallélisme les uns avec les autres. Mais ils permettent bien davantage :

— *La connivence* amusée avec les meneurs de jeu, Flaminia ou Trivelin, ou avec les « simples » qui savent, avec leurs propres mots, dire leur fait aux grands de ce monde ; et avec le dramaturge lui-même, qui est père des uns comme des autres et qui, sans illusion sur eux, les reconnaît tous comme siens ; plus tard les pages les plus personnelles des romans de Stendhal procéderont de la même sympathie.

— *La supériorité* du spectateur sur des personnages engagés dans une action et dans un discours qu'ils dominent mal, en raison de leur « naïveté », de leurs préjugés ou de leur ignorance d'eux-mêmes ; on songe ici encore à Stendhal et au recul de l'humour qu'il s'impose avec Julien, Fabrice ou Lucien Leuwen.

— *L'euphorie* inséparable de la détente heureuse du dénouement, dont l'expression ne prend pas la forme d'un long discours attendri, mais se contente d'un cri, d'une saillie ou de quelques phrases entrecoupées.

Curieusement, le comique de Marivaux est analogue au tragique racinien, en ce que les moyens et les motifs qu'il met en œuvre sont soumis à un effet général et qu'aucun d'eux n'est gratuit : mais ici la sympathie se mue en complicité, la pitié en conscience de supériorité et la « catharsis » apaisante du pur tragique en celle que procure le dépassement des incertitudes et des contradictions dans l'euphorie d'un bonheur conquis de haute lutte.

Destinée théâtrale

La Double Inconstance a connu une centaine de représentations au XVIIIe siècle. Redécouverte en 1934 seulement par la Comédie-Française, après l'expérience de Xavier de Courville et sa troupe de *La Petite Scène*, elle a connu un vif succès sur la scène nationale à partir des représentations de 1950-1951 : la mise en scène était de Jacques Charon, et la distribution comprenait Robert Hirsch, Micheline Boudet, Julien Bertheau et Lise Delamare ; les spectateurs de l'époque appréciaient un spectacle où la distinction, voire le raffinement, dans la décoration et la diction s'alliaient avec le mouvement et l'allégresse du rythme général. Ces représentations sont exactement contemporaines de la pièce d'Anouilh, *La Répétition ou l'Amour puni*, qui se fonde, on l'a vu, sur une interprétation pessimiste de l'œuvre de Marivaux. C'est cette interprétation qui domine généralement, qu'il s'agisse par exemple de la mise en scène de Claire Duhamel au théâtre de l'Alliance française (1961) ou du travail de Marcel Bluwal pour la télévision en 1968.

Arlequin poli par l'amour a été représenté plus de cent fois par les Comédiens-Italiens entre 1720 et 1762, date de la fusion de la troupe avec celle de l'Opéra-Comique, qui correspond à une diminution sensible des représentations de Marivaux. On a évoqué plus haut les conditions de la création de l'œuvre. La comédie paraît avoir été ensuite oubliée, bien qu'il soit impossible d'évaluer le nombre de ses représentations dans les châteaux et les « théâtres de société ». Après Thomassin, l'interprète du rôle d'Arlequin fut Carlo Bertinazzi, dit Carlin, bon mime et bon danseur, doué peut-être plus que son prédécesseur dans le registre du pathétique. Depuis la redécouverte de la pièce par Jules Truffier, en 1892, *Arlequin* a été joué aussi souvent à la Comédie-Française qu'il l'avait été au XVIIIe siècle par les Italiens. Parmi les mises en scène et interprétations les plus célèbres, on retiendra celle de Pierre Bertin à l'Odéon en 1920, qui semble avoir retrouvé le mélange de balourdise et de grâce du créateur du rôle. En 1946, Jacques Charon reprenait le rôle, et la comédie n'a pas cessé depuis d'être représentée avec succès et de tenter les jeunes comédiens et metteurs en scène (comme J.-P. Roussillon en 1955).

Dramaturgie

L'étude de ces deux pièces de Marivaux, qu'elle soit destinée à nourrir un travail de critique littéraire ou à inspirer une mise en scène, peut reposer sur quelques principes simples :
— La nécessité, pour la compréhension du texte, de se référer, non seulement aux dictionnaires de l'époque, mais aussi et surtout aux réalités des jeux dramatiques destinés aux Italiens : importance de la décoration et des accessoires, qui ne tiennent ni du rêve pur, ni de la transposition réaliste du cadre de vie de l'époque, mais constituent une série d'outils de jeu (notamment pour le personnage d'Arlequin, dont le masque et la batte étaient essentiels à définir le rôle) et de signes nécessaires à la production du message ; sens de la diction, plaisamment directe chez Arlequin, mais traduisant chez Silvia une certaine distance par rapport au texte ; conscience que l'acteur italien du XVIIIe siècle gardait à l'égard de son rôle une certaine liberté, et pouvait enrichir des gestes expressifs qu'on nommait les *lazzis* ; découverte d'un équilibre qui concilie le naturel apparent et l'artifice du jeu et de la parole de théâtre.
— Le recours, pour saisir l'« esprit » de Marivaux et ses intentions, à l'ensemble de son œuvre : les journaux, où l'observateur cruel et amusé de son temps se donne libre carrière ; les romans, tout inachevés qu'il les a laissés, où les héros, qu'ils aient nom Marianne ou Jacob, ont à la fois les défauts d'Arlequin, ou de Silvia, mais aussi leur sensibilité, leur vocation à l'élan du cœur, leur disponibilité aux expériences offertes par la vie ; l'ensemble du théâtre surtout : non seulement les œuvres les plus jouées et les mieux connues, qui multiplient les variations sur la « surprise de l'amour », mais les *Iles*, *La Colonie* et *La Nouvelle Colonie* (fables philosophiques et sociales), les apparentes fantaisies mythologiques ou pseudo-historiques (*Le Prince travesti, Le Triomphe de l'amour*) où l'irréalisme du cadre met en relief la rigueur de l'intrigue et la netteté du propos, et à l'opposé les comédies réalistes où les rangs et les fonctions des protagonistes sont aussi nettement définis qu'ils le

seront dans les drames de Diderot (*L'École des mères*, *La Mère confidente* et *Les Fausses Confidences*, le chef-d'œuvre de 1737).

— L'étude comparative, à l'intérieur des pièces, du *type* représenté par chaque personnage et du *rôle* singulier qui lui est confié (l'acteur, quel qu'il soit, doit tenir compte de l'un et de l'autre) ; celle des modes d'entrée et de sortie des protagonistes, dans la perspective indiquée plus haut ; celle des scènes parallèles, qui se reprennent et se corrigent ou s'opposent ; certaines sont fort proches comme les dialogues de Trivelin avec Silvia et Arlequin en I, 1 et 4 ; d'autres se répondent d'un bout à l'autre de la même comédie, comme les entretiens seul à seule des jeunes amants dans *Arlequin* ou les dialogues successifs de Flaminia et du Prince dans *La Double Inconstance*.

— La mise en évidence de la double ou triple portée des propos : le sens que veut lui donner celui qui les prononce ; celui que saisit son interlocuteur ; celui que le spectateur doit entendre selon le vœu du créateur : ces trois dimensions créent un espace de signification à la fois complexe et unifié ; elles exigent qu'on se défende, dans le jeu, la diction ou le commentaire, d'effets trop lourdement appuyés qui, privilégiant un sens aux dépens d'un autre, mutileraient le texte et le priveraient d'une partie des intentions qui l'ont dicté.

Phrases clefs

La Double Inconstance abonde en formules comparables à celles-là :

— Sur le préjugé social :

« Une bourgeoise contente dans un petit village vaut mieux qu'une princesse qui pleure dans un bel appartement. »
(Silvia, I, 1.)

« Qui habitera ma maison de ville, quand je serai à ma maison de campagne ? »
(Arlequin, I, 4.)

« Comment est-ce que les garçons à la cour peuvent souffrir ces manières-là dans leurs maîtresses ? Par la morbleu ! qu'une femme est laide quand elle est coquette. »

(Arlequin, I, 6.)

« Allez, vous êtes mon prince, et je vous aime bien ; mais je suis votre sujet, et cela mérite quelque chose. »

(Arlequin, III, 5.)

— Sur l'amour, ses illusions et ses métamorphoses :

« Dans cent ans d'ici, nous serons tout de même. »
(Arlequin à Silvia, I, 12.)

« Mais vraiment oui, je l'aime, il le faut bien. »
(Silvia à Flaminia, évoquant
son amour pour Arlequin, II, 11.)

« C'est que mon amitié est aussi loin que la vôtre ; elle est partie : voilà que je vous aime, cela est décidé, et je n'y comprends rien. »

(Arlequin à Flaminia, III, 7.)

« Lorsque je l'ai aimé, c'était un amour qui m'était venu ; à cette heure que je ne l'aime plus, c'est un amour qui s'en est allé ; il est venu sans mon avis, il s'en retourne de même, je ne crois pas être blâmable. »

(Silvia à Flaminia, III, 8.)

Les premières comédies « à l'italienne » de Marivaux présentent déjà les deux dimensions que retrouveront, à des degrés divers, ses œuvres ultérieures : absence d'illusion sur la grimace sociale surmontée par un effort de mutuelle indulgence ; éblouissement, au double sens du terme, d'un amour dont on admire l'éclat et dont on ressent le mystère. Deux moments d'*Arlequin poli par l'amour* méritent ici d'être retenus :

« Tout doux, je suis le maître ; allons, qu'on nous regarde tout à l'heure agréablement. » (C'est Arlequin, après sa victoire sur la Fée, qui évoque ainsi le renversement social dont il est bénéficiaire.)

« Laissons-la, mon ami, soyons généreux : la compassion est une belle chose. » (Silvia invite son jeune amant à l'indulgence ; ainsi feront, à la fin de *L'Ile des esclaves*, les serviteurs devenus les égaux des maîtres.)

(Scène dernière.)

« Voilà que je soupire, et je n'ai point eu de secret pour cela. » (Silvia exprime la soudaineté d'un sentiment dont l'évidence échappe à l'analyse et la naissance à la volonté.)

(Scène 5.)

Biographie (1688-1763)

1688. — Naissance à Paris de Pierre, fils de Nicolas Carlet, fonctionnaire de la Marine, futur contrôleur de la Monnaie puis directeur de la Monnaie à Riom (4 février).
1710. — Première inscription de Pierre Carlet à l'École de droit de Paris. Les études du jeune homme ont surtout servi de paravent à ses activités littéraires.
1712. — Publication de la première comédie de Marivaux, *Le Père prudent et équitable*. Le poète est remarqué par La Motte et Fontenelle, et introduit par eux au *Mercure*, périodique d'esprit « moderne », et dans le salon de Mme de Lambert.
1713-1717. — Rédaction et publication partielle de romans *(Pharsamon, Les Effets surprenants de la sympathie)*, parodies *(La Voiture embourbée)*, essais satiriques *(Le Bilboquet)*, ou burlesques *(Le Télémaque travesti, L'Iliade travesti)*. Les « rallonges » au nom de Carlet (de Marivaux de Chamblain) apparaissent en 1716. Marivaux épouse en 1717 Colombe Bologne ; il sera veuf en 1723, avec une fille de quatre ou cinq ans, Colombe-Prospère.
1717-1719. — Premiers articles de Marivaux pour le *Mercure*.

1720. — Représentation d'*Arlequin poli par l'amour* au Théâtre-Italien et de la tragédie d'*Annibal* au Théâtre-Français. La banqueroute du financier Law entraîne la ruine de Marivaux, qui ne vivra guère dès lors que de sa plume.

1721-1724. — Publication des « feuilles » du *Spectateur français*, conçu sur le modèle du *Spectator* d'Addison. Représentation chez les Italiens de *La Surprise de l'amour* (1722), de *La Double Inconstance* (1723), du *Prince travesti* (1724).

1725-1730. — Publication des « feuilles » de *L'Indigent philosophe* (1727). Représentation chez les Italiens de *L'Ile des esclaves* (1725), de *La Nouvelle Colonie* (1729) et du *Jeu de l'amour et du hasard* (1730) ; chez les Français, création de *La Seconde Surprise de l'amour* et de *L'Ile de la Raison* (1727).

1731-1734. — Publication des « feuilles » du *Cabinet du philosophe*. Début du roman *La Vie de Marianne* (1731) et du *Paysan parvenu* (1734). Comédies diverses, dont *Le Triomphe de l'amour* (Théâtre-Italien, 1732) et *Les Serments indiscrets* (Théâtre-Français, *id.*). A la mort de Mme de Lambert (1733), Marivaux fréquente le salon de Mme de Tencin.

1735-1742. — Suite de brillantes représentations, notamment chez les Italiens : *La Mère confidente* (1735), *Les Fausses Confidences* (1737) et *L'Épreuve* (1740). En décembre 1742, Marivaux est élu à l'Académie française, rempart du modernisme et de la « nouvelle préciosité » ; son adversaire était Voltaire.

1743-1763. — Publication de divers Discours académiques. *Le Préjugé vaincu* est représenté chez les Français (1746). D'autres comédies sont publiées sans connaître la représentation, notamment *Les Acteurs de bonne foi*, modèle de la pièce à enchâssement (1757) et *La Provinciale* (1761). La fille de Marivaux prend le voile en 1746 dans une abbaye cistercienne. Peu auparavant, le poète s'est installé chez une demoiselle de la Chapelle Saint-Jean, à Paris. Il signe, en 1753, une reconnaissance de dette importante envers cette amie et bienfaitrice. Il meurt en 1763, rue de Richelieu. Marivaux ne laissait pratiquement rien à ses héritiers, sinon une splendide garde-robe.

Bibliographie

Éditions

Théâtre complet, éd. par Frédéric DELOFFRE, Paris, Garnier, 1968 (nouvelle édition, 1981).

Ouvrages généraux

LARROUMET, Gustave, *Marivaux, sa vie et ses œuvres*, Paris, Hachette, 1882.
ARLAND, Marcel, *Marivaux*, N.R.F., 1950.
GAZAGNE, Paul, *Marivaux par lui-même*, Paris, Le Seuil, 1954.
DELOFFRE, Frédéric, *Marivaux et le marivaudage*, Paris, Belles Lettres, 1955 (réédition Armand Colin, 1976).
LAGRAVE, Henri, *Marivaux et sa fortune littéraire*, Bordeaux, Ducros, 1970.
COULET, Henri, et GILOT, Michel, *Marivaux, un humanisme expérimental*, Paris, Larousse, 1973.

Biographie

DURRY, Marie-Jeanne, *A propos de Marivaux*, Paris, S.E.D.E.S., 1960.

Sur le théâtre de Marivaux

COURVILLE, Xavier de, *Un apôtre de l'art du théâtre au XVIIIe siècle, Luigi Riccoboni dit Lelio*, II et III, Genève, Droz, 1945 et 1958.
ATTINGER, Gustave, *L'Esprit de la Commedia dell'arte dans le théâtre français*, Paris, Librairie théâtrale, 1950.

Mac Kee, Kenneth N., *The Theater of Marivaux*, New York University Press, 1958.
Descotes, Maurice, *Les Grands Rôles du théâtre de Marivaux*, Paris, P.U.F., 1972.
Lambert, Pauline, *Réalité et ironie : les jeux de l'illusion dans le théâtre de Marivaux*, Fribourg (Suisse), Éditions universitaires, 1973.
Pavis, Patrice, *Marivaux à l'épreuve de la scène*, Paris, Publications de la Sorbonne, 1986.

Lexique

N.B. : Les références à *Arlequin poli par l'amour* sont signalées par la lettre *A*.

Admirable : étonnant, incompréhensible (*A*, 9).

Affriander : flatter la gourmandise de quelqu'un ; employé par Arlequin pour évoquer les manœuvres de séduction de Lisette (I, 6).

Amant : amoureux dont l'hommage est bien accueilli (*A*, 9, 11, 20 ; I, 2, 6, 11, 12 ; II, 1, 6, 11 ; III, 7, 8). Flaminia nomme ainsi Arlequin quand elle est sûre de répondre à ses sentiments (III, 7) et désigne par ce mot l'« officier du palais » quand elle sait que Silvia prend conscience de son amour pour lui (III, 8).

Amour (faire l') : faire la cour, conter fleurette (I, 4 et 6 ; III, 8).

Amour (pour l'amour de) : en raison de (« pour l'amour du souci que cela vous donne », II, 6).

Amoureux : soupirant non payé de retour, comme l'est le Berger d'*Arlequin* (voir la liste des « acteurs ») ou comme l'était le Prince quand il rendait visite à Silvia sous une fausse identité (II, 9).

Amuser (s') : perdre son temps (*A*, 6) ou le passer agréablement (II, 9) ; le substantif *amusement* présente les mêmes nuances (I, 1).

Apparence : manifestation extérieure du sentiment : c'est le sens du mot en I, 8, quand Flaminia promet au prince de lui faire voir les « apparences » du changement des jeunes gens.

Bagatelle : propos ou objet de peu d'importance; le mot est souvent employé ironiquement (I, 2, 8 et 12; II, 5 et 7).

Bonnement : en toute bonne foi (I, 12; II, 5; III, 8).

Bourgeois, bourgeoise de village : villageois possédant une relative aisance; c'est le cas de Silvia (I, 1; III, 2).

Brave : bien vêtu; la passion d'Agnès était d'être « brave et leste » (*L'École des femmes*, V, 4) (*A*, 14).

Caresser : manifester des sentiments amicaux par le geste ou la parole : flatter (I, 4).

Cavalier : jeune homme de noble famille (I, 4).

Chagrin : humeur sombre ou maussade (*A*, 5 et 7); l'adjectif peut avoir le sens moderne de triste (I, 12).

Charmer : combler de joie (III, 8).

Collation : repas léger (*A*, 3; II, 9).

Content : comblé, parfaitement satisfait (II, 1 et 7).

Crédit : prestige social (I, 4).

Déjeuner : repas du matin (I, 1).

Dîner : repas de la mi-journée (I, 1, 7 et 13; II, 1).

Domestique : personne attachée à la maison d'un grand seigneur ou d'un riche bourgeois (I, 3 et 4).

Drogues : préparations culinaires (II, 5).

Ennuyer : tourmenter, mettre au supplice (*A*, 6; I, 1).

Entendre : comprendre (I, 9); *entendre à...* : se résoudre à une attitude ou à une autre (II, 11).

Équipage : ensemble des vêtements, domestiques, accessoires divers qui accompagnent un homme de bon rang hors de chez lui (I, 4).

Esprit : intelligence, ingéniosité (*A*, 1, 8 et 21; I, 1).

Estomac : poitrine : Arlequin fait son entrée « la tête dans l'estomac » (*A*, 2).

Évaporé : d'une coquetterie indiscrète (I, 3) ; *éveillé*, en I, 6, a la même acception.

Façon : mine, air d'une personne (II, 1 et 10).

Fantaisie : caprice ; imagination (II, 1 et 10 ; III, 4).

Fils (mon) : appellation familière, utilisée par un aîné à l'adresse d'un jeune homme, ou par un supérieur à l'adresse d'un inférieur ; Arlequin l'emploie ironiquement auprès de Trivelin : « Allez, mon fils, (...) gardez vos filles » (I, 4).

Fine : rusée (*A*, 14).

Finement : avec esprit (I, 3).

Flatter : calmer ou attendrir par le geste ou la parole ; voir *caresser* (*A*, 14).

Fortune : chance (I, 1 ; II, 7).

Gêner (se) : contraindre sa spontanéité (*A*, 9).

Glorieux : vaniteux (II, 10 et 11).

Goûter : prendre collation (voir ce mot) (*A*, 1 et 6 ; II, 11).

Grimace (faire la) : prendre une attitude menaçante (*A*, 14).

Guignon : malchance (II, 6 et 11).

Heureux : favorisé par le sort (II, 3).

Honnête : conforme aux bienséances (*A*, 4) ; *honnête femme* : épouse loyale (I, 1) ; *honnête homme* : homme de bien ou homme de bon rang ; Arlequin et ses interlocuteurs ne s'entendent pas toujours sur le sens de l'expression (I, 4 et 10 ; II, 1 et 7 ; III, 4 et 9).

Imbécile : naïf, sans esprit (*A*, 1).

Ingénu : naturel, sans malice (I, 3 ; II, 7) ; le mot *ingénuité* a même valeur (II, 1), ainsi que l'adjectif *innocent* (II, 7 ; III, 4).

Jarni : juron euphémique (= je renie [Dieu]) (*A*, 14 et 22).

Libre : désinvolte (*A*, 18 ; II, 1).

Maîtresse : femme répondant aux tendres sentiments de son amant (voir ce mot) (I, 4 et 12 ; II, 6 et 7 ; III, 1, 2, 3, 5 et 8).

Mardi (par la) : juron euphémique (= par la mort de Dieu) (II, 6 ; III, 2 et 4).

Modestie : qualité d'une jeune fille *modeste* (I, 3), c'est-à-dire pudique et réservée (I, 6).

Morbleu (par la) : voir *par la mardi* (II, 7).

Naïf, naïveté : naturel (I, 3 et 6 ; II, 2 ; III, 1).

Pâtir : souffrir (I, 12 ; II, 6).

Petit homme : expression faisant allusion à la petite taille et à la grâce du créateur du rôle, l'acteur Thomassin (I, 3, 6 et 12 ; II, 5 ; III, 5).

Pied (sur ce pied-là) : dans ces conditions (I, 1 et 10).

Prendre : considérer (« Prenez que je suis pauvre... (III, 5) ; « Prenez que vous l'avez dit... » (III, 10).

Rêver : méditer, réfléchir (I, 4 et 9 ; II, 11).

Sambille (par la) : déformation du juron euphémique *palsambleu* (= par le sang de Dieu ; *cf. A*, 21) (II, 6 ; III, 2).

Souper : repas du soir (I, 1).

Tantôt : il y a peu (III, 4) ; sous peu (III, 10).

Têtubleu : juron euphémique (= par la tête de Dieu) (I, 4 ; III, 4).

Tourments : supplices (*A*, 17).

Tout à l'heure : sans attendre (*A*, 22).

Vertuchoux : juron euphémique et plaisant (III, 4).

Notes

La Double Inconstance

Page 13.

1. Fille du financier Berthelot de Préneuf, et maîtresse du puissant duc de Bourbon, premier ministre de Louis XV depuis 1723.

Page 14.

1. La dénomination est conforme à l'usage de Racine et de Molière. Voir les *Commentaires*, p. 158.

2. Le lieu de l'action est unique ; son choix représente une convention analogue à celle de la « chambre » de Molière ou du « palais à volonté » de la tragédie.

ACTE PREMIER

Page 15.

1. Que ferez-vous dans ces conditions ?

Page 16.

1. La principauté imaginaire évoquée par Marivaux comporte pourtant des éléments de vraisemblance ; le Prince entend épouser Silvia comme les rois de France entendaient faire leurs maîtresses des jeunes personnes qui leur plaisaient.

2. Vous épouser ; l'expression est noble ; Molière l'utilisait cependant au premier vers de *L'École des femmes*. Silvia ne peut la comprendre.

Page 17.

1. Silvia interprète au sens premier la formule de politesse et d'excuse de Trivelin.

Page 20.

1. On ne peut vaincre Silvia sur ce terrain ; expression empruntée au vocabulaire du jeu d'échecs.

2. Annonce de l'aveu de Silvia en II, 1, et de la fausse reconnaissance de II, 2.

Page 21.

1. La mouche de taffetas noir fait ressortir la blancheur de peau des coquettes ; la « galante » se plaçait au milieu de la joue.

Page 23.

1. Renoncer.

2. Donne de l'éclat, rend séduisante.

Page 24.

1. Ensemble comprenant une chambre et ses dépendances immédiates.

2. Formule familière de protestation.

Page 27.

1. La formulation neutre désigne ici Silvia.

Page 29.

1. La goutte.

Page 30.

1. Des vignes de mon village.

Page 34.

1. Cette progression dans l'expression des sentiments interdit de confondre le couple de *La Double Inconstance* et celui d'*Arlequin poli par l'amour*.

Page 36.

1. Me renierait.

Page 39.

1. La *batte*, la *latte* ou le *bâton* désignent le même accessoire qu'Arlequin porte au côté comme une « épée ».

2. Sans les avoir mérités.

Page 40.

1. Silvia utilise en parlant d'Arlequin la même expression qu'Arlequin employait pour la désigner en I, 4.

Page 42.

1. Pour atténuer le chagrin que m'a donné votre absence.

Page 45.

1. Expression à triple entente : Arlequin croit Flaminia complice du couple qu'il forme encore avec Silvia ; elle les trompe l'un et l'autre ; ils seront enfin comblés par cette heureuse tromperie.

ACTE II

Page 48.

1. Le spectateur attentif reconnaît ici le Prince, tel qu'il se présentait en I, 2.

2. Il serait bien étonnant (que le Prince le vaille).

Page 49.

1. Accentuation populaire du second terme de la comparaison.

Page 50.

1. Vous attaquait.

Page 52.

1. Son rang de simple « officier du palais » l'obligeait à s'éloigner ; il ne se rapproche des deux femmes qu'au moment où le ton monte entre elles ; et tout cela correspond à une mise en scène prévue par Flaminia.

Page 53.

1. Rendre hommage à.

Page 54.

1. Lélio est l'interprète, lors de la création, du rôle du Prince que Silvia ne connaît encore que comme « officier du palais ».

Page 58.

1. Allusion à la « demi-heure » que Flaminia et Arlequin ont passée ensemble entre les deux premiers actes.

Page 61.

1. Le mot désigne une résine odoriférante originaire de Syrie. Il est ici l'équivalent d'« eau bénite de cour ».

2. Je ne fus pas payé de ma courtoisie ; l'image est celle du marchand dont les soins à présenter sa marchandise sont demeurés inutiles.

Page 63.

1. Tranquillement et agréablement. Expression familière.

Page 64.

1. Franchement.

Page 65.

1. Dont je dispose.

Page 66.

1. Non seulement on ne contraint pas les amants, mais on les traite avec respect.

Page 67.

1. C'est la même chose ; expression du langage paysan (Covielle l'employait déjà dans *Le Bourgeois gentilhomme*, III, 10).

2. Partie de plaisir entre deux hommes et deux femmes ; souvenir possible de *La Maison de campagne* de Dancourt (1688).

Page 68.

1. Vous avez du temps à perdre.

2. Parler favorablement de quelqu'un.

Page 72.

1. Je comprendrais fort bien que vous renonciez à épouser le Prince et donc à vous venger des jalouses de la cour, et que vous acceptiez les hommages de l'officier du palais.

Page 74.

1. Litote appartenant au langage familier : Silvia doit, en toute logique, mieux connaître sa volonté que le Prince.

Acte III

Page 79.

1. De l'inclination.

Page 80.

1. Ce « père », comme la mère de Silvia évoquée à la fin du premier acte, contribue à doubler la structure sentimentale de la comédie d'une structure familiale et sociale.

Page 85.

1. De si bon cœur, avec la même ardeur ; expression paysanne.

Page 86.

1. La grignoter en rongeant le parchemin. Dans *L'Huître et les plaideurs* de La Fontaine, Perrin Dandin « ouvre l'huître, et la gruge » (*Fables*, IX, 9).

Page 87.

1. Autrement dit : qui sont déchus de leur qualité de gentilhomme, la taille n'étant payée que par les roturiers.

Page 88.

1. Arlequin reconnaît l'« officier du palais », qui, selon Trivelin (I, 4), est indirectement responsable de l'enlèvement de Silvia.

Page 92.

1. Arlequin craint de s'attendrir. En réalité, sa « générosité » envers le Prince est signe de l'affaiblissement de son amour pour Silvia.

Page 93.

1. Sera-t-elle libre de disposer de sa personne ?

Page 98.

1. Ce « reste », c'est l'état du cœur d'Arlequin et de celui de Silvia elle-même.

Page 99.

1. Je l'en tiens quitte, il n'est pas obligé de venir. La formule équivaut à l'aveu de l'amour de Silvia pour l'« officier du palais ».

Page 102.

1. Expression imagée : l'état du cœur de Silvia est comparable à celui d'un membre malade ou perclus.

2. Nous lui jouerons un tour nous aussi, en nous abandonnant à l'amour.

Arlequin poli par l'amour

Page 104.

1. Marivaux emploie le mot « acteurs » conformément à l'usage de Molière et de Racine. Touchant les noms des personnages et la distribution, voir les *Commentaires*, p. 158.

Page 105.

1. Trivelin joue en réalité le rôle d'un conseiller auprès de la Fée.

2. Personnage légendaire appartenant au cycle arthurien, dont les *Prophéties* demeuraient célèbres au temps de Marivaux ; le poète signale ici le caractère de féerie de sa pièce ; quelques lignes plus haut, l'évocation de l'« Amour endormi » renvoyait implicitement au mythe de Psyché.

3. Anticipation du thème de *La Double Inconstance* ; la réponse ironique de Trivelin présentera la Fée comme une simple mortelle ; *Arlequin* est une fable, certes, mais qui transpose la réalité humaine.

Page 106.

1. Probablement le « simple appareil » dans lequel se présentait Junie dans *Britannicus*.

Page 107.

1. Nuire à la séduction de Merlin.

2. S'éveiller au sentiment amoureux en prenant conscience des charmes de la Fée et de ses propres désirs d'adolescent. L'emploi du verbe est analogue à l'usage qu'en fait Arnolphe : « Petit serpent que j'ai réchauffé dans mon sein, / Et qui, dès qu'il se sent, par une humeur ingrate, / Cherche à faire du mal [...] » (*L'École des femmes*, V, 4).

Page 108.

1. L'attitude du petit rustre n'est pas conforme aux usages ; l'« estomac » désignant la poitrine, Arlequin baisse la tête au lieu de la maintenir droite.

2. Baiser sa propre main pour exprimer sa reconnaissance ; Arlequin ignore cet usage.

Page 109.

1. La scène de l'Hôtel de Bourgogne était séparée de la salle par une grille.

Page 111.

1. Ruptures de liaison et changement du décor font de cette courte pièce l'abrégé d'un drame en cinq actes.

Page 112.

1. La Silvia de *La Double Inconstance*, de la même manière, balancera entre le plaisir procuré par la bonne conscience et celui qu'impose l'élan amoureux ; ainsi fera encore l'héroïne de *La Vie de Marianne*.

Page 113.

1. C'est le moins que je puisse faire.

Page 115.

1. C'est le « mouchoir de cou » qui cache la poitrine des dames ; celui qu'on trouve dans une scène fameuse du *Tartuffe*, et que les belles du xixe siècle appelleront une « modestie ».

Page 117.

1. Arlequin fait une révérence : effet des leçons du maître à danser, relevé par la vivacité que donne l'amour.

Page 118.

1. Il dit n'importe quoi.

Page 119.

1. Arlequin connaît maintenant les usages qu'il ignorait à la scène 2.

Page 120.

1. Je trouve cela délicieux.

Page 124.

1. D'une voix altérée par l'émotion.

Page 125.

1. De façon mécanique.

Page 126.

1. Menace analogue à celle que proférait Roxane devant Bajazet : « Dans les mains des muets viens la voir expirer » (*Bajazet*, V, 4).

Page 127.

1. Plaisante assimilation du serment antique évoquant le fleuve des Enfers et de celui, tout moderne, de la Fée ; Marivaux fait-il allusion à l'étymologie de ce mot (fée = *fata*, autrement dit les destins) ?

Page 129.

1. Thème analogue dans *Bélisaire* de Rotrou (1644 ; I, 4), dans *L'École des femmes* (1663 ; II, 5), dans *Britannicus* (1670 ; II, 3) et dans l'opéra *Thésée* de Quinault (1675 ; IV, 5).

Page 130.

1. Nouveau souvenir de *Bajazet*, mais également d'*Atys* de Quinault et Lulli (1676) : Cybèle, cachée, a été témoin du dialogue amoureux d'Atys et de Sangaride ; elle les voue l'un et l'autre au supplice.

Page 131.

1. Arlequin prend son élan pour se percer le cœur.

Page 132.

1. Une fausse sortie, signe du renoncement apparent de Silvia.

Page 134.

1. Qui donc pourrais-je aimer d'autre que vous ?

Page 135.

1. La Fée est décidément assimilée à une créature infernale, ou à une femme dont la puissance vient de sa domination sur les « esprits » : une nouvelle Médée qui, pas plus que la magicienne de la légende, ne peut régner au libre pays de l'amour.

Table

Préface de *Jean-Pierre Miquel* 5

LA DOUBLE INCONSTANCE

A Madame la Marquise de Prie 13
Acte I 15
Acte II 47
Acte III 77

ARLEQUIN POLI PAR L'AMOUR 103

COMMENTAIRES

Originalité de l'œuvre 139
    Marivaux et le Théâtre-Italien, 139. - L'inspiration de *La Double Inconstance* et d'*Arlequin poli par l'amour*, 141.

Thèmes et personnages 143
    Analyse de *La Double Inconstance*, 144. - Analyse d'*Arlequin poli par l'amour*, 150. - L'éventail des thèmes, 153. - Les personnages, 158.

Le travail du poète dramatique 164
    Effets de structure, 164. - L'écriture et les sources du comique, 168.

Table

Destinée théâtrale	171
Dramaturgie	173
Phrases clefs	174
Biographie	176
Bibliographie	178
Lexique	179
NOTES	183

Crédit photos

Viollet-Lipnitzki, pp. 41, 75, 101, 138
Philippe Coqueux, p. 7

Composition réalisée par C.M.L., Montrouge.

IMPRIMÉ EN FRANCE PAR BRODARD ET TAUPIN
Usine de La Flèche (Sarthe).
LIBRAIRIE GÉNÉRALE FRANÇAISE - 6, rue Pierre-Sarrazin - 75006 Paris.
ISBN : 2 - 253 - 04179 - 3 ♦ 30/6351/8